罠の連鎖

三人の刑事

南　英男

Minami Hideo

文芸社文庫

目次

第一章　悪意の気配

1

店の雰囲気は悪くない。

テーブルと椅子は黒で統一され、壁や床はオフホワイトだ。ペンダント照明も洒落ている。

予約席は個室だった。新宿歌舞伎町のダイニングバーである。

朝比奈駿は、予約時間の十分前に店に入った。

案内された個室席は無人だった。朝比奈は奥の席に坐り、セブンスターに火を点けた。

三月上旬のある夜だ。

間もなく七時になる。春とは名ばかりで、まだ朝晩の冷え込みは厳しい。

三十八歳の朝比奈は、渋谷署刑事課強行犯係の係長である。職階は警部だった。

長身で、筋肉質の体軀だ。顔立ちも男臭い。

奥二重の両眼は鋭く、凄みがある。濃い眉と削げた頰も犯罪者たちに威圧感を与えるようだ。逮捕した凶悪犯さえ朝比奈とまともに視線を合わせようとしない。

検挙件数は毎年、課内でトップだ。

朝比奈は敏腕刑事だが、ほとんど上昇志向はない。根っから現場捜査が好きだった。

捜査に携わっていると、人間の性や業が透けてくる。多くの者が自己矛盾を抱えながら、生きていた。それが興味深い。

善良な市民の内面にも、犯意や悪意が潜んでいる。逆に悪人も善意や優しさの欠片を宿していることがある。そうした意外性や人間ドラマが面白い。

もちろん、犯罪そのものを憎む気持ちは人一倍強かった。罪人たちに更生のチャンスを与えることにも意義を感じている。そんなわけで仕事熱心だったが、決して点取り虫ではなかった。職場での信望は厚い。

朝比奈は独身だった。三年前に恋人が交通事故死して以来、恋愛には臆病になっていた。愛しい女性はある日、突然、この世から消えてしまった。

朝比奈は、人の命の儚さをつくづく思い知らされた。まさに諸行無常だ。魂の触れ合った他者の死は実に重かった。喪失感はいっこうに薄らがなかった。

朝比奈は惚れた女性が亡くなって半年間は、それこそ腑抜け状態だった。仕事に身が入らなかった。

　酒ばかり呷っていた。そのせいで、体調を崩した。心の中は空っぽだった。もう立ち直れないかもしれないと思うほど悲しみに打ちのめされた。

　女っ気のない暮らしは味気ない。といって、新たな女性に救いを求める気にはなれなかった。そんなことをしたら、相手に失礼だ。そうした経緯があって、恋愛には積極的になれなくなってしまった。

　それでも哀しいことに、生身の男だ。朝比奈は心と体の渇きに苦しめられると、行きずりの女たちと一夜を共にしている。いわゆるワンナイトラブだ。時にはデリバリーヘルス嬢も抱く。

　このように朝比奈はモラリストではない。だが、決して刑事としての本分は忘れたことがなかった。少しでも犯罪を少なくしたいという使命感は燃えつづけている。

　それは、大切な家族が犯罪の被害者になったことが大きく影響していた。

　中学生のころ、母が買物帰りにバイクに乗った引ったくり犯にバッグを奪われた。弾みで転倒した母は、舗道の植え込みの中にもろに顔面を突っ込んでしまった。運の悪いことに、灌木の枝先が左の眼球を貫いた。

　手術の甲斐もなく、母は片目の視力を失った。小田原の実家で姉夫婦と暮らしている母は元気そのものだが、失明したことで不便な思いをしてきたにちがいない。

ちょっとした犯罪でも、被害者の人生は大きく変わってしまう。理不尽な話ではないか。

人間がいる限り、この社会の犯罪を根絶(ねだ)やしにはできない。しかし、事件を減らすことはできるだろう。

朝比奈はそんな思いに衝(つ)き動かされ、高校時代に刑事になることを決めた。十数年前に病死した父は、若い時分からリベラリストだった。当然ながら、息子が権力側に与(くみ)することに難色を示した。

だが、朝比奈は自分の意思を変えなかった。中堅県立高校を卒業し、一浪して都内の名門私大の法学部に入った。そして、警視庁の採用試験を受けたのである。

一般警察官(ノンキャリア)だが、昇進は早かった。一年間の交番勤務を終えると、四谷署生活安全課に配属された。その当時、同課は防犯課と呼ばれていた。

朝比奈は三年後に築地(つきじ)署刑事課に異動になり、それから高輪(たかなわ)署に移った。渋谷署に配属になったのは四年前だ。

これまでに検挙した被疑者は、約六百人にのぼる。そのうちの十三人は殺人犯だった。警視総監賞を授与されたのは一度や二度ではない。朝比奈はめざましい活躍もあって、三十六歳のときに警部になった。ノンキャリアではスピード昇格である。

朝比奈は、短くなった煙草(たばこ)の火を揉(も)み消した。

この店で、警察学校で同期だった本多貴之（ほんだたかゆき）や牧野誠広（まきのまさひろ）と半年ぶりに会うことになっていた。朝比奈たち三人は十五年前、府中市朝日町にある警察学校乙（おつ）課程に入学した。大卒組のコースだ。

現役で都内の総合大学に合格した本多と牧野は現在、満三十七歳である。朝比奈は彼らよりも一歳年上だが、同期生ということで対等のつき合いをしていた。

本多は所轄署を転々として、いまは池袋署生活安全課の刑事だ。職階は警部補だが、風紀係の主任である。

秋田県出身の本多はまっすぐな性格で、無器用な生き方しかできない男女に常に温（あたた）かな眼差（まなざ）しを向けている。生活苦に喘（あえ）いでいる常習の売春婦を説諭（せつゆ）処分だけで釈放してしまい、上司にたびたび叱（しか）られているようだ。

情（じょう）に絆（ほだ）されてしまう警察官は、まず出世しない。だが、朝比奈は気のいい本多を好ましく思っている。

本多は既婚者だ。五年前に元上司の娘と結婚したのだが、まだ子供は授（さず）かっていない。本多は色白で、小太りだ。垂れ目で、どこか愛嬌（あいきょう）がある。身長は百七十センチそこそこだが、体重は八十キロ近い。

牧野は二年前まで杉並署警務課にいた。交番勤務と本庁機動捜査隊を経（へ）て、同署に転属になったのである。不運にも二年数カ月前、牧野の父親が脳出血で倒れてしまった。品川区戸越にある大衆食堂の店主だ。

牧野の父は二カ月の入院生活を送り、退院することができた。しかし、後遺症で右半身が不自由になってしまった。

『太平食堂』は、牧野の父が四十一年前に開業した。両親が所帯を持ったのは、その翌年である。

一階が店舗で、二階は居住スペースになっていた。牧野と三つ違いの妹は、そこで生まれ育った。店は両親だけで切り盛りしていた。

牧野の両親は話し合った末、店を畳む気になった。だが、息子の牧野は近所の人たちに何十年もひいきにしてもらった食堂を閉めることが忍びなかった。昭和時代の名残を留めた店の造りも捨てがたい。

牧野は急いで調理師免許を取得し、依願退職した。退官時の職階は警部補だった。すぐに牧野は休業中だった父の店を引き継いだ。

店の客は徐々に戻ってきたようだが、売上は父親の代の半分にも達していないらしい。それでも、牧野は『太平食堂』を懸命に盛り返そうとしている。

彼には、七年越しの仲の恋人がいる。いずれ結婚する気でいるようだが、いまは無理だろう。

もともと牧野は真面目で、きわめて責任感が強い。交際中の相手を物心両面で幸せにできる自信を得られるまで一緒になる気はないのではないか。

牧野は中肉中背でサラリーマン風だったのだが、いまは頭髪を短く刈り込んでいる。それだからか、職人っぽく見えるようになった。

警察学校に入って間もなく、朝比奈たちはたまたま通り魔殺人事件の犯人を取り押さえるチャンスに恵まれた。

その夜、三人は寮の近くのコンビニエンスストアで夜食を買い込んで表に出た。ちょうどそのとき、女性の悲鳴が夜気を切り裂いた。

すぐそばの路上に、若い女性が倒れていた。虫の息だった。左胸が赤かった。鮮血だった。

数メートル離れた場所には、放心状態の男が突っ立っていた。血糊の付着した出刃庖丁を握り、全身を震わせている。表情は虚ろだった。

男は急に身を翻した。朝比奈は牧野に救急車の手配を頼み、本多とともに犯人を追跡した。

犯人は袋小路に追い込まれると、血みどろの刃物を振り翳した。殺気立っていた。パーカは返り血で汚れている。

朝比奈たち二人は怯まなかった。

じりじりと間合いを詰めた。犯人は何か喚きながら、出刃庖丁を振り回しはじめた。

刃風(はかぜ)は重かった。単なる威嚇(いかく)ではなさそうだ。

本多が買ったばかりのスナック菓子の箱を犯人に投げつけた。その箱は、相手の顔面に当たった。犯人が一瞬、棒立ちになった。反撃のチャンスだ。

朝比奈は素早く相手に組みついた。刃物を持つ右手をしっかと押さえ、大腰(おおごし)で投げ飛ばした。

犯人は路上に転がった。

すかさず本多が凶器を奪い取る。行きずりの女性を刺した男は観念したらしく、まったく抵抗しなくなった。すでに牧野が一一〇番通報していた。

パトカーが駆けつけたのは五、六分後だった。朝比奈たちは犯人を警察官に引き渡した。被害者は救急車が到着する前に絶命していた。二十五歳のＯＬだった。事件のことはマスコミで大きく取り扱われた。

緊急逮捕された犯人は筑波諭(つくばさとし)という名で、当時、二十六歳の浪人生だった。筑波は有名医大の受験に七回もしくじり、自暴自棄になってしまったようだ。

三週間ほど前にも、別の場所で帰宅途中の男性パン職人を路上で刺殺したことを自供した。筑波は行きずりの人間を無差別に三、四人殺して、死刑になることを望んでいた。

朝比奈たち三人のことは新聞やテレビで派手に報じられた。面映(おもは)ゆかったが、悪い気はしなかった。

　その出来事があって、三人は急速に親しくなった。寮で寝食を共にしたのはわずか一年弱だったが、数十年来の友人のように本音を言い合える仲になっていた。

　朝比奈は二本目の煙草をくわえた。

　半分ほど喫(す)ったとき、本多が現われた。以前よりも、頬がふっくらとしている。腹も迫(せ)り出していた。茶系のスーツ姿だった。

「また、太ったな。完全にメタボリック・シンドロームじゃないか」

　朝比奈はからかった。

「前に会ったときより、三、四キロ増えちゃったんだ」

「さては、職務の手を抜いてるな」

「仕事はちゃんとやってるよ。幸せ太りってやつさ」

　本多がにやついて、向かい合う位置に腰かけた。

「新婚ってわけじゃないんだから、幸せ太りってことはないだろうが？」

「バレたか。ただの喰(く)い過ぎだよ。そんなことより、渋谷署のほうはどう？　忙しいのかな」

「数日前に捜査本部(チョウバ)が解散になったんで、いまは大きな事案(じあん)は抱えてないんだ」

「それなら、のんびりできるな」

「ああ」

「おれも、そろそろ別の所轄の刑事課に移りたいよ」

「風俗店や売春クラブの摘発に虚しさを感じはじめてるのか。非合法のセックス・ビジネスは被害者がいないから、根絶は不可能に近いからな」

「おれ自身は、風俗刑事で終わってもいいと思ってるんだ。しかし、妻の圭子が刑事課で活躍してくれって尻を叩くんだよ。所轄のセクションでは、やっぱり刑事課が花形だからな」

「生活安全課、警務課、交通課、地域課のどれも必要なセクションだよ。ランクづけることはおかしいよ」

「朝比奈は花形セクションの刑事課にいるから、そんなふうに言えるんだ。妻じゃないが、課のランクづけはある。それを否定したら、本音を隠したことになるぜ」

「そうなんだろうか」

朝比奈は曖昧な答え方をして、喫いさしの煙草の火を消した。

結婚当初から本多の妻は、夫の出世を強く望んでいた。彼女の父はノンキャリアながら、警視正まで昇進して現在は大崎署の副署長を務めている。五十八歳だったか。

三十二歳の圭子は名門女子大出身で、独身時代は大手商社に勤めていた。そのためか、肩書や社会的地位に拘る傾向が強い。

「妻の親父が警視正になったことは立派だと思うよ。しかし、おれは別に偉くなりたいと願ってない。ずっと現場捜査に携わっていたいんだ」

「奥さんは欲がないって焦れてるんだ？」

「そうなんだよ。妻は見栄っ張りだし、負けず嫌いだからね。同期の朝比奈が警部になってるのに、悔しくないのかだってさ。まいるよ。価値観の違う女と一緒になると、疲れるね」

「あれだけの美人妻を射止めたんだから、少しは我慢しろって」

「おれ、家では我慢しっ放しだよ」

本多が苦く笑った。

会話が途切れたとき、牧野がやってきた。息を弾ませている。黒い丸首セーターの上に、モスグリーンのウールジャケットを羽織っていた。下は白っぽいチノクロスパンツだ。

「走ってきたようだな？」

朝比奈は牧野に話しかけた。

「ああ、靖国通りを渡ってからね。それでも、二分の遅刻だな。すまない！」

「相変わらず生真面目だな」

「性分なんだよ」

牧野がそう言い、本多のかたわらに坐った。本多がにこやかな顔で、牧野の肩を軽く叩く。

「若旦那（わかだんな）、儲（もう）かってるか？」

「青息吐息（あおいきといき）だよ。親父に教わった通りに味付けをしてるんだが、評判はあまりよくないんだ。いったん戻ってくれた常連客の足もだんだん遠のきはじめてる」

「メニューの数を少し減らしたほうがいいんじゃないのか。カツ丼からラーメンまで作るんじゃ、どうしても平均点は下がるだろう？」

「その通りだな。おれ自身は自信のある十五、六のメニューに絞りたいんだが、親父もおふくろも賛成してくれないんだ」

「何かと大変だね。きょうは定休日だったよな？」

「そう。おまえたちに半年ぶりに会ったんだから、とことんつき合うよ」

「それじゃ、酒と料理を運んでもらおう」

朝比奈は卓上の呼び鈴（りん）を鳴らした。

待つほどもなくウェイターが個室（コンパートメント）に顔を見せた。朝比奈は赤ワインと創作料理を運んでくれるよう頼んだ。

それから間もなく、三人はワインで乾杯した。届けられた創作料理はパスタ料理とフランス料理を融合させたもので、彩（いろど）りが美しい。牧野は食材をいちいち確かめながら、ナイフとフォークを使っていた。

「いつも居酒屋とか小料理屋で落ち合ってきたが、たまにこういう店もいいな。なんとなく気持ちが若返るじゃないか」

本多が牧野に言った。

「年寄りじみたことを言うなよ。おれたちは、まだ三十代だぜ」

「あと数年で四十になっちまう。もう中年の仲間入りさ」

「おれと朝比奈はまだ独身なんだから、あんまり焦らせないでくれよ」

「どうしても自分の子供が欲しいと思ってるんだったら、話は別だが、結婚なんかしないほうがいいって」

「倦怠期に入ってるのか？」

「そういうわけじゃないんだ。当然のことだが、結婚したら、自由な生き方ができなくなるじゃないか」

本多が表情を翳らせ、ワイングラスをひと息に空けた。

何かで夫婦関係が拗れてしまったのか。しかし、さすがに詮索できない。朝比奈は無言で本多のグラスにワインを注いだ。

三人は昔話に花を咲かせ、大いに飲んだ。コース料理を平らげ、数種のオードブルを追加注文する。

ワインを三本空けたとき、十五年前に逮捕された筑波諭のことが話題になった。連続通り魔殺人事件の犯人は無期懲役刑を下(くだ)されたが、九年数カ月の服役(ふくえき)で仮出所している。

筑波の弁護人は公判のとき、被告の精神鑑定を裁判所に申し立てた。犯行時の筑波は、心神耗弱(しんしんこうじゃく)状態にあったと主張したのだ。被告人は精神鑑定を受けたが、弁護人の言い分は通らなかった。

「あの男は行きずりの人間を二人も殺したんだから、死刑判決が下ると思ってたよ。被害者の遺族は、刑が軽すぎると感じたんじゃないかな」

「多分、そうだろう」

朝比奈は、牧野の言葉に相槌(あいづち)を打った。

「筑波自身も死刑を望んでたんだから、絞首台に送ってやってもよかったんじゃないの？」

「牧野の考えには反対だな。筑波はだいぶ反省してたようだから、十年以上の服役は重すぎるよ」

本多が反論した。

「そうかな。筑波が本気で死刑を望んでたとしたら、あの男はおれたちを恨(うら)んでるだろうね。あと何人か殺してれば、間違いなく死刑になってたはずだから」

「筑波は死にたいほど絶望的になってたんだろうが、ほんの少しだけ生に対する執着心はあったと思うな。だから、起訴されてから、反省の色を見せたんだよ」

「そうなんだろうか。どっちにしても、あれから十五年が過ぎた。筑波はどこで、どう暮らしてるのかね。現職のおまえらはその気になれば、出所後の筑波のことを調べられるよな？」

「そうだが、そっとしておいてやろう。筑波は真摯な気持ちで生き直そうとしてるかもしれないからな」

朝比奈は言った。すぐに本多が同調する。

「そのほうがよさそうだね」

牧野が呟くように言った。

その直後、本多の懐で私物のスマートフォンが着信音を発しはじめた。

「職務の呼び出しかな？」

「だとしたら、ツイてないね」

本多が朝比奈に言って、椅子から立ち上がった。スマートフォンを耳に当て、個室から出ていく。

「部下が内偵捜査で拳銃密売組織のアジトでも突きとめたのかな」

「うん、そうなのかもしれない」

朝比奈は牧野に応じ、ワイングラスを口に運んだ。グラスをテーブルに戻したとき、本多が個室に戻ってきた。

「悪い！　これから署に顔を出さなきゃならなくなったんだよ。二次会分の金を置いていくから、勘弁してくれ」

「ここの七千円だけでいいよ」

朝比奈は言った。本多が詫びながら、自分の飲食代を卓上に置いた。それから彼は、あたふたと個室から出ていった。

警察学校時代から三人で飲むときは、いつも割り勘だった。そのことは暗黙のルールになっていた。

「二人になってしまったが、きょうは腰を据えて飲もう」

朝比奈は、牧野のワイングラスを満たした。

「次は安い居酒屋にしてくれないか。先月、赤字だったんだよ。調理補助をしてるおふくろには十五万円ほど払えたんだが、おれの給料はなしだったんだ。みっともない話だけどさ」

「そんなに遣り繰りが厳しいとは思わなかったよ。納入業者の八百屋、魚屋、乾物屋なんかの支払いは大丈夫なのか？」

「先月分は半分しか払えなかったんだ、どの業者にも。親父とのつき合いが長いんで誰も文句は言わなかったが、何カ月分も支払いを滞（とどこお）らせたら、食材や調味料は納めてくれなくなるだろう」

「そうなったら、廃業に追い込まれるな」

「もし余裕があったら、二百万、いや、百五十万円でもいいんだ。朝比奈、運転資金を貸してもらえないだろうか。一年ほどで、全額返せると思うんだ。もちろん、借用証を書くよ。どうだろう？」

「いいよ。明日の午前中に牧野の銀行口座に百五十万、必ず振り込む」

「それじゃ、悪いな。おれ、明日の午前中に渋谷署の近くまで出向く」

「なら、朝一番に金を引き出しておこう」

「朝比奈、迷惑かけて申し訳ない。恩に着るよ」

「水臭いことを言うなって。次の店は、おれの奢（おご）りだぜ。よし、河岸（かし）を変えよう」

朝比奈はことさら明るく言って、勢いよく立ち上がった。牧野が無言で倣（なら）う。

2

疚（やま）しかった。

まるで犯罪者になったような気分だ。この後ろめたさは、しばらく尾を曳（ひ）くだろう。

ダイニングバーに引き返すべきか。

本多貴之はそう思いながらも、目でタクシーの空車を探していた。靖国通りの際に立っている。新宿駅寄りだった。

さきほどの電話は職場からの呼び出しではなかった。発信者は、不倫相手の堤真沙美だった。二十二歳の真沙美は元風俗嬢である。

一年前、池袋署生活安全課は管内の風俗営業店の一斉摘発に乗り出した。ある性風俗店に踏み込んだとき、全裸の真沙美が狭い個室で客の中年男にいかがわしいサービスをしていた。

本多は、妖精を想わせるような真沙美の容姿に新鮮な驚きを覚えた。

風俗嬢の多くは、すれっからしだ。現に非行少女や女暴走族上がりが少なくない。覚醒剤に溺れている女もいた。

だが、真沙美は少しも穢れを感じさせなかった。化粧が薄く、白い肌はすべすべとしている。言葉遣いも正しかった。頭も悪くない。

本多は検挙した真沙美に興味を覚え、自ら取り調べに当たった。

真沙美は千葉県船橋市出身だった。父は食品加工会社を経営していた。社員は二十数人しかいなかったが、業績は順調だった。

真沙美は地元の公立小学校を卒業すると、文京区内にある私立女子大学の附属中学校に進んだ。同級生は裕福な家庭の子女ばかりだった。電車通学だったが、学園生活は楽しかった。

真沙美はテニス部に入り、学業とクラブ活動に励(はげ)んだ。附属の高校と大学に通い、将来は民放テレビ局のアナウンサーになることを夢見ていた。その夢が叶(かな)わなかったら、イギリスに語学留学して旅行会社に就職する気でいた。

ところが、中学二年生の秋に父親が急死してしまう。末期癌(がん)で、手の施(ほどこ)しようがなかった。闘病生活は、たったの二カ月だった。

母が亡夫の会社の経営を引き継いだ。

しかし、専業主婦だった母親はビジネスに疎(うと)かった。悪質な取引業者に巧(たく)みに騙(だま)され、業績はみるみる悪化した。母は焦りを募(つの)らせ、会社の顧問税理士に経営の相談をするようになった。その税理士は母よりも二つ年下で、離婚歴があった。

いつの間にか、二人は男と女の関係になっていた。年が変わると、税理士は自分のマンションを引き払い、真沙美の家に住みつくようになった。

真沙美と二つ下の弟は、母に強く抗議した。母は会社の経営が上向いたら、税理士と別れると約束してくれた。

真沙美と弟は、その言葉を信じた。やがて、経営状態はよくなった。だが、母はいっこうに税理士を追い出そうとしない。

姉弟は母親を詰った。母は逆上し、交際相手を恩人だと崇めた。そして、わが子に税理士を先生と呼べと命じた。

感受性の豊かな弟は母の裏切りに心を閉ざすようになり、自分の部屋に引き籠るようになってしまった。むろん、登校もしなくなった。

母は弟の異変をそれほど深刻に受け止めなかった。税理士と週末に都心のホテルに泊まり、家でも平気で戯れるようになった。

真沙美が母の情人に辱しめられたのは高校一年生の夏休みだった。その夜、母は同業者たちとの親睦旅行に出かけていて、家にはいなかった。

自室でCDを聴いていると、ドアがノックされた。ドア越しに税理士が声をかけてきた。玄関灯の電球が切れてしまったので、交換したいという。真沙美は警戒して、ドア越しに予備の電球のありかを教えた。

母の恋人は、一緒に電球を探してほしいと執拗にドアをノックしつづけた。真沙美は根負けして、ついドアを開けてしまった。

次の瞬間、税理士は強引に室内に押し入ってきた。その右手には果物ナイフが握られていた。

刃物を目にしたとたん、真沙美は身が竦んでしまった。

恐怖心が膨らみ、声もあげられなかった。税理士はドアの内錠を掛けると、真沙美をベッドに押し倒した。真沙美は全身で抗(あらが)った。と、税理士は手で真沙美の口を塞(ふさ)いだ。果物ナイフは首筋に密着された。

寄り添わされた刃物の感触が死の予感を与えた。全身から力が脱(ぬ)けた。

税理士は酒臭い息を吐きながら、真沙美の衣服とパンティーを乱暴に剝(は)いだ。自分も下半身だけ裸になった。ペニスは反(そ)り返っていた。真沙美は泣いて許しを乞(こ)うた。

しかし、無駄だった。税理士は自分の性器に唾液(だえき)をまぶすと、強引に体を繫(つな)いだ。真沙美は疼痛(とうつう)に呻(うめ)いた。

母の交際相手は一方的に欲望を充(み)たすと、真沙美の部屋から出ていった。真沙美は浴室に駆け込み、汚れた体を幾度(いくど)もボディーソープで洗い流した。

翌日、母が帰宅した。真沙美は思い悩んだ末、前夜の出来事を打ち明けた。母は烈火のごとく怒り、すぐさま税理士を家から追い出してくれると思っていた。

だが、反応は逆だった。母は同居中の男を庇(かば)い、娘が作り話をしていると極(き)めつけた。恩人に矢を向ける気なら、勘当するとさえ口走った。

予想外だった。失望は大きかった。

その後も税理士は母がいないときに真沙美の部屋に忍び込んできて、淫(みだ)らなことを繰り返した。

真沙美は、もはや耐えられなくなった。恥を忍んで弟に忌(いま)わしい出来事を打ち明け、一緒に家出しようと持ちかけた。しかし、弟は同意しなかった。

あくる日、真沙美は自分だけ家を出た。当座の着替えをバッグに詰め、新宿に向かった。所持金は二万数千円だった。

とりあえず、真沙美は住み込みで働ける店か工場に落ち着きたかった。だが、家出少女と見抜かれ、どこも雇い入れてくれなかった。

真沙美はハンバーガーショップやネットカフェで幾夜か過ごし、歌舞伎町の暴力バーのキャッチガールになった。後ろめたかったが、ほかに途（みち）はなかった。酔った男たちを言葉巧みに店に誘い込むと、ひと晩で四、五万円稼げた。

しかし、店のマスターは広域暴力団の組員だった。麻薬中毒で、まともな会話が成立しない。

キャッチガール仲間も荒（すさ）み切っていた。同類にはなりたくなかった。

真沙美は池袋に移った。サンドイッチマンの老人と顔見知りになり、寮のある性感エステの店で働きはじめた。だが、半年で辞めてしまった。店長に売春を強要されたからだ。

真沙美は別の風俗店に移り、一年数カ月後に手入れを受けた店に変わった。〝聖少女〟のイメージのある彼女は、たちまち店でナンバーワンになった。いつしか月収は百万円以上になっていた。

真沙美は摘発される八カ月前に店の寮を出て、中野区本町にある賃貸マンションで独り暮らしをはじめるようになった。いまも住まいは同じだ。

本多は真沙美の身の上話を聞き、なんとか彼女を泥沼から救い出してやりたい思いに駆られた。半ば強引に勧めていた違法風俗店を辞めさせ、彼女を船橋の家に連れ戻した。

そこに住んでいたのは税理士だけだった。経営上のことで情人と対立した真沙美の母親は会社と自宅を手放し、引き籠り中の息子とどこかに消えてしまったという。

真沙美は母と弟が税理士に殺害されたと直感したらしく、本多に二人の行方を追ってほしいと懇願した。本多は放っておけない気持ちになって、真沙美の家族を捜しはじめた。

彼女の母と弟は東伊豆に住んでいた。真沙美の母は食品加工会社の経営権と自宅を税理士に売却し、古ぼけた民宿を手に入れたのだ。

本多は真沙美の母になぜ娘を捜そうとしなかったのか、しつこく問い詰めた。すると、彼女は重い口を開いた。

真沙美の母親は情人と口論になったとき、彼と娘が体の関係を持ったことを白状したらしい。

交際相手と娘に背かれ、彼女はひどく傷ついたようだ。それで真沙美の母は会社と自宅を手放し、息子と新天地で生き直す気になったと語った。彼女は情人と関係を持った娘を生理的に赦せないと繰り返し、引き取ることを強く拒んだ。

真沙美は母の恋人に色目を使ったわけではない。力ずくで体を奪われてしまったのだ。母親ならば傷ついた娘を労り、温かく包み込むべきではないのか。

本多は何遍も説得を試みた。しかし、母親は耳を傾けようとしなかった。もともと子供には、それほど愛情を感じていなかったのだろう。

本多は、薄情な母親を持った真沙美に同情した。同情心は、いつしか恋情に変わっていた。真沙美は自分よりも十五歳も若い。小娘といってもいい年齢である。

しかも、自分は妻帯者だ。本多は自分が破滅に向かっていると感じながらも、熱い想いを断ち切れなかった。

真沙美は実の母親に棄てられたと知って、ひとしきり涙を流した。しかし、それだけだった。その後は一切、家族のことは話題にしなくなった。

真沙美は五カ月前から自宅近くのコンビニエンスストアで働いている。アルバイト店員だった。時給九百二十円だったか。

ようやく空車が通りかかった。

本多はタクシーに乗り込み、真沙美の自宅マンションに向かった。電話で彼女は厭世的な気持ちが膨らみ、九階のベランダから発作的に飛び降りそうな衝動に駆られていると訴えてきた。

　真沙美が死んでしまったら、生きる張りを失ってしまうだろう。それにしても、朝比奈たちに嘘をついてしまったことが心苦しい。それだけ真沙美の存在は大きくなったのか。

　不思議なことに、妻の圭子にはそれほど済まないとは感じていない。とうに夫婦の絆は断ち切れてしまったのだろうか。

　タクシーは青梅街道を道なりに走り、十数分後に『中野グランドパレス』に着いた。十一階建ての賃貸マンションだ。

　本多はタクシーを降り、アプローチの石畳を進んだ。

　出入口はオートロック・システムになっていた。

　集合インターフォンに近づき、テンキーを押す。本多はエントランスロビーに足を踏み入れ、エレベーターに乗り込んだ。

　九階で降り、九〇三号室のインターフォンを鳴らす。スピーカーから真沙美の応答があって、待つほどもなく部屋のドアが開けられた。

「おれの顔を見たら、少しは気分が明るくなったか？」

「うん、だいぶね。来てくれて、ありがとう！　さ、入って」

「ああ」

本多は入室し、靴を脱いだ。真沙美に手を引かれて、リビングに入る。

間取りは1LDKだった。十畳ほどの居間に接して八畳の寝室がある。ベッドはダブルだ。ダイニングキッチンは七・五畳の広さだった。

「貴之さんの垂れた目を見ると、わたし、なんか優しい気持ちになるの。ちょっと太めの体もいい感じよ」

「真沙美は、ボディービルダーみたいな体型は苦手なんだよな？」

「そう。だって、そういうマッチョ男は女をどこか見下してるでしょ？」

「そうかな」

「絶対にそうだって。女なんかワイルドに抱けば、悦ぶなんて思い込んでるにちがいないわ。それはそうと、缶ビールでも飲む？」

「酒よりも……」

「その先は言わなくても、わかってる。わたし、少し前にお風呂に入ったの。寝室で待ってるから、貴之さん、ざっと体を洗ってきて」

「そうするか」

本多は脱いだコートと上着をリビングソファに重ね、ネクタイを外した。トランクス姿で浴室に足を向ける。

湯船の湯は四十二度に保温されていた。本多は数分浴槽に沈み、手早く体を洗った。

腰にバスタオルを巻きつけ、寝室に急ぐ。

ナイトスタンドが灯っているだけで、室内は仄暗い。真沙美はベッドに横たわっていた。仰向けだった。

本多はベッドに近寄り、羽毛蒲団と毛布を大きく捲った。

白い裸身が神々しい。二つの乳房は瑞々しい果実のようだ。淡紅色の乳首も愛らしい。くびれたウエストと腰の曲線は芸術的でさえあった。実に美しかった。

繁みは薄いほうだろう。ぷっくりとした恥丘は、マシュマロを連想させる。ほどよく肉の付いた太腿は血管が透けるほど白い。

本多は、雄々しく昂まった。バスタオルを足許に落とし、優しく体を重ねる。

二人はいつものように唇をついばみ合い、舌を深く絡め合った。

濃厚なくちづけを交わしているうちに、本多はさらに燃え上がった。唇と指を駆使して、真沙美の官能を煽りつづける。

真沙美は息を弾ませ、裸身をくねらせた。切なげな喘ぎ声は、じきになまめかしい呻き声に変わった。そそられた。

本多は真沙美の下腹部に顔を寄せ、舌を乱舞させた。いくらも経たないうちに、真沙美は極みに達した。体を硬直させ、甘やかに唸った。

本多は口唇愛撫を受けてから、穏やかに真沙美の中に分け入った。二人は情事に耽った。狂おしく求め合う。

本多は、真沙美の三度目の絶頂(アクメ)に合わせて放った。

射精感は鋭かった。ほんの一瞬だったが、脳天が白く霞(かす)んだ。背筋には快(こころよ)い痺(しび)れが走った。真沙美の内奥(ないおう)は快感のビートを刻みながら、緊縮しつづけている。二人は余韻(よいん)を味わってから、結合を解(と)いた。

「こういう快感を得られるんだから、死んだら、なんか損よね」

真沙美が本多の胸を柔らかな掌(てのひら)で撫(な)でながら、笑いを含んだ声で言った。

「そうだよ。オーバーじゃなく、真沙美はおれの天使なんだ。ずっとそばにいてくれよ」

「わたしにとっても、貴之さんは大事な精神安定剤になってるわ。家族も信じられなくなっちゃったけど、貴之さんはずっとわたしの味方になってくれるでしょ?」

「もちろんだよ。いまは月に五万しか小遣いを上げられないが、もう少し偉くなったら……」

「地方公務員なんだから、四十、五十になっても、俸給はそんなに上がらないんでしょ?」

「うん、まあ。しかし、その気になれば、会社には内緒でアルバイトもできるんだ。たとえば、調査会社の調査の下請けをするとかな」

「そうだとしても、まとまったお金は工面できないわよね？」

「以前の貯えがあるんじゃないのか？」

「二百四、五十万あったんだけど、ここの家賃は月に十六万だしね。それに気に入った服やバッグがあると、衝動買いしちゃうから、貯金は残り少ないの。コンビニのアルバイト料は涙が出るほど安いでしょ？」

「差し当たって、どのくらい必要なんだ？」

　本多は単刀直入に訊いた。

「すぐに生活費に困るようなことはないのよ。だけど、将来のことを考えると、すごく不安になっちゃうの。奥さんのいる貴之さんと結婚はできないし、あなたはベンチャー起業家じゃないから、七十万、八十万のお手当が欲しいとも言えないしね。わたし、アメリカン・カジュアルの古着屋のオーナーになって、ちゃんと経済的に自立したいの」

「そういうリサイクルショップを開業するには、どのくらいの資金が必要なんだ？」

「新宿の外れか高田馬場あたりのテナントビルを借りるとしても、最低一千万円は必要だと思うわ」

「一千万円か」

「大金よね、お巡りさんにとっては」

「ああ、大金も大金だな。しかし、危ない橋を渡る気になれば、調達できない額じゃないだろう」

「貴之さん、変な気は起こさないで。わたしのために悪徳警官になったりしたら、あなたに申し訳ないもん」

真沙美が真顔で忠告した。本多は、その言葉が妙に嬉しかった。

「古着屋の件は忘れて。わたし、地道に働いて、少しずつ開業資金を貯めることにするから。そうすれば、貴之さんには迷惑をかけないで済むでしょ？」

「かわいいことを言ってくれるな。やっぱり、真沙美はおれのエンジェルだ」

「わたし、エンジェルなんかじゃないよ。ぼったくりバーのキャッチガールや風俗嬢をやってたんだから。それに、母さんの彼氏に高校生のときに姦られてしまったしね」

「いや、真沙美は妖精みたいな天使だよ。特に金策の当てがあるわけじゃないが、なんとか真沙美の自立の手助けをしてやりたくなってきたな」

「ほんとに無理しないで」

「男は、好きな女に何かしてやることが大きな喜びになるもんなんだ。真沙美がそういう夢を持ってるんだったら、何がなんでも叶えてやりたくなるな」

「貴之さんがそう言ってくれるのはとても嬉しいけど、百万や二百万じゃないのよ」

「わかってるって。しかし、一億円ってわけじゃないんだ。一千万なら、なんとか都合つけられるかもしれない。少し時間をくれないか」

「それはいいけど、絶対に危いことはしないでよね」

真沙美が言って、夜具の中に潜り込んだ。

それが長い情事の序曲だった。二人は、乱れに乱れた。体を離したのは午後十一時半過ぎだった。

本多はベッドを出ると、浴室に直行した。ボディーソープで体を入念に洗い、居間で身繕いをする。その間に、ガウン姿の真沙美が熱いコーヒーを淹れてくれた。

本多はコーヒーを飲み終えると、九〇三号室を出た。マンションの近くでタクシーを拾い、練馬区石神井にある自宅に向かった。

分譲マンションだった。間取りは3LDKだ。頭金の半分は、妻が実父から生前贈与されたものだった。本多の実家からは一銭も援助してもらっていない。

夫婦喧嘩をしたとき、妻の圭子はきまってそのことを持ち出す。本多の両親は年金生活者だった。それぞれが独立したとはいえ、子供は四人もいる。

マンションの頭金の一部を親に負担してくれとは口が裂けても言えなかった。本多としては、東京の私大に通わせてもらえただけで充分だと考えている。もう父母には苦労をかけたくない。

二十数分で、自宅マンションに着いた。

本多はスペアキーで五〇六号の玄関ドアのロックを解除した。しかし、ドア・チェーンが掛けられていた。

本多は舌打ちして、インターフォンを鳴らした。

奥から圭子が現われた。頭はカーラーだらけだった。パジャマの上にカーディガンを重ねている。

「あら、早かったのね」

「なんでチェーンを掛けるんだっ」

「久しぶりに朝比奈さんや牧野さんと会うと言ってたから、夜通し飲むと思ってたのよ」

「早くチェーンを外してくれ。みんな、明日は仕事があるんだ。朝まで飲むわけないじゃないか」

本多は急かした。

妻が片足だけサンダルを突っかけ、チェーンを外した。本多はドアを大きく開け、三和土に滑り込んだ。

「あっ、匂いが違うわ」

「え?」

「ボディーソープの匂いよ」

圭子が意味ありげに笑った。本多は内心の狼狽を隠して、ポーカーフェイスを崩さなかった。

「牧野がちょっと酔ったんで、三人でサウナに行ったんだよ。それで、お開きになったんだ」

「二人とは半年ぶりに会ったんでしょ？　それなのに、サウナに行ったですって⁉」

「妙な言い方するんだな。疑ってるのかっ」

「浮気してるんでしょ？　女はね、勘がいいのよ。うまくごまかしたつもりでも、騙されないわ」

「おかしな言いがかりをつけるな」

「不倫の相手は婦警さんなの？」

「いい加減にしろ！」

「何もむきにならなくてもいいでしょうが。はい！」

　妻が腰を屈めて、スリッパを玄関マットの上に揃えた。

　本多は憮然とした顔でスリッパを履き、自分の部屋に向かった。

　一年近く前から、夫婦は寝室を別にしていた。妻は奥の洋室を使っている。本多は、居間の隣にある和室で寝起きしていた。

「お茶漬けぐらいなら、作れるわよ。どうする？」

圭子が背後で言った。本多は上げた右手を横に振って、自分の部屋に入った。襖(ふすま)を閉めたとき、顔が引き攣(つ)っていることに気づいた。

われながら、気が小さすぎる。本多は自嘲(じちょう)して、電灯のスイッチを入れた。

3

みっともなくて仕方がない。少し惨(みじ)めでもあった。牧野誠広は残りのアメリカンコーヒーを飲み干した。渋谷署の並びにあるカフェだ。牧野は、奥まったテーブル席で朝比奈を待っていた。あと五分で、約束の午前十一時になる。

昨夜、牧野は新宿のダイニングバーで朝比奈に百五十万円の借金を申し込んだ。朝比奈は快諾(かいだく)してくれたが、店の運転資金を借りるべきではなかったのかもしれない。朝比奈は一つ年上だが、警察学校の同期生だ。これまでは、ずっと対等な関係を保(たも)ってきた。

金の貸し借りで、そのバランスが崩れてしまうのではないか。できることなら、友人同士の金の貸し借りは避(さ)けるべきだろう。貸す側はともかく、借り手はどうしても卑屈(ひくつ)になりがちだ。それで、相手との関係がぎこちなくなるかもしれない。

朝比奈は俠気がある。決して恩着せがましいことは言わないだろう。

それでも、借りる側には負い目を作ってしまったという意識が芽生える。そうなったら、微妙に力関係が違ってくるのではないか。

牧野には、七年越しの仲の恋人がいる。阿久津瑞穂という名で、三十一歳だ。

瑞穂は都内の短大を卒業してから、ずっと大手ビール会社の営業部門で働いている。大田区内にある親許から通勤していた。十年以上も働いてきたわけだから、五、六百万円の貯えはあるだろう。

借金を申し込めば、瑞穂は快く応じてくれたにちがいない。しかし、男の沽券にかかわる。そんなわけで、牧野は瑞穂には金の相談をしなかったのだ。

妹の京香は、戸越銀座商店街にある和菓子屋に嫁いでいる。

夫は二代目で、牧野の幼馴染みだ。三十五歳だが、頼り甲斐のある義弟だった。

だが、店の売上は年ごとに落ちている。牧野は、そのことを妹から聞いていた。やはり、借金の申し込みはできなかった。兄として、虚勢を張りたいという思いもあった。

この際、朝比奈に甘えるほかなさそうだ。

牧野は自分を納得させ、コップの水で喉を潤した。そのすぐ後、朝比奈が店に入ってきた。

薄手のベージュのタートルネック・セーターの上に、焦茶のレザージャケットを重ねていた。スラックスはオリーブグリーンだった。

「わざわざ渋谷まで出てきてもらって、悪かったな」

朝比奈が言って、正面に腰かけた。

「こっちこそ、悪いと思ってるよ。それに昨夜は粋な小料理屋ですっかりご馳走になってしまって、申し訳ない」

「女将、ちょっと色っぽいだろ?」

「ああ。朝比奈とは、いい仲なのかな?」

「彼女、五十七歳だぜ。もう孫が三人もいるんだ」

「そうなのか。四十二、三にしか見えないけどな」

「元舞台女優だから、化粧が上手なんだろう。煙草、いいか?」

「ああ。遠慮しないでくれ」

牧野は言った。大学生のころは喫煙していたが、警察官になってからは一本も喫っていない。

朝比奈がセブンスターに火を点け、ウェイトレスにブレンドコーヒーを注文した。

「借用証、ちゃんと用意してきたよ」

「おれは牧野の人柄を知ってる。だから、借用証なんか必要ないって」

「しかし、こちらの気持ちが済まないから、受け取ってほしいんだ」

牧野は小声で言った。

「いいって」

「よくないよ」

「おまえがそこまで言うんだったら、預かっておくか」

朝比奈はレザージャケットの内ポケットから銀行名の入った白い封筒を摑み出し、すぐにテーブルの下に潜らせた。

牧野は、その気配りが嬉しかった。朝比奈は他人に善意や思い遣りを示すとき、決してスタンドプレイめいたことはしない。心根が優しいのだろう。

牧野はテーブルの下で札束の入った封筒を受け取り、用意してきた借用証を朝比奈に手渡した。朝比奈は借用証をそのまま懐に突っ込んだ。

「一年以内には返済するという内容の但し書きを入れといたから……」

「返済期限はなしにしよう。もちろん、金利も付けなくていい」

「できるだけ早く返すつもりだよ」

「無理をするな。それより、百五十入ってるかどうか確かめてくれ」

「数えなくてもいいよ」

牧野は銀行の封筒をクラッチバッグに収めた。そのとき、朝比奈のコーヒーが運ばれてきた。

「ちょっと時間が早いけど、昼飯を奢らせてくれないか」

「牧野、妙な気は遣うなよ。おれたちは同期だったんだ。何かでピンチになったら、扶け合う。それでいいじゃないか」

「そうだな。わかったよ」

「本多のことなんだが、きのう、池袋署から召集がかかったんじゃないな」

「えっ⁉」

「あいつは妙に浮かれてた。つき合ってる女からの誘いの電話だったんだろう」

「本多は浮気してるのか……」

「ああ、多分な。奥さんとはしっくりいってないんだと思うよ」

「どうする？」

牧野は問いかけた。

「もうガキじゃないんだから、ほうっておこう。男と女は周囲の人間が騒いでも、結局、なるようにしかならないからな」

「そうだが、本多の奴、性悪女に引っかかったんじゃないのか？　あいつ、純朴なとこがあるからね。そうだったら、何か手を打ってやらないとな」

「何かあっても、本多は自分でちゃんと決着をつけられるさ」

　朝比奈が言って、コーヒーをブラックで啜った。屈折した優しさなのかもしれない。牧野はそう思い、何も言わなかった。

　二人は小一時間、雑談を交わした。

　牧野は朝比奈がトイレに立った隙に、二人分のコーヒー代を素早く払った。朝比奈は素直に奢られた。それも一種の気配りだったのだろう。

　牧野は渋谷署の前で朝比奈と別れ、ＪＲ渋谷駅に向かった。

　山手線に乗り、五反田駅で東急池上線に乗り換える。二つ目の戸越銀座駅で下車し、東和信用金庫戸越支店に急いだ。

　下町の風情が残る商店街を抜け、第二京浜国道に面した金融機関の戸越支店に入る。牧野は、朝比奈から借りた百五十万円をそっくり店名義の口座に入金した。

『太平食堂』は一応、有限会社になっていた。代表取締役は父の厳夫だ。父は六十六歳だが、まるで明治生まれの男性のように他人に迷惑をかけないことを信条にしている。百五十万円あれば、差し当って納入業者の未払金はきれいにできるだろう。牧野はひと安心して、外に出た。

　そのとき、後ろから誰かに呼びとめられた。男の声だった。

　牧野は振り返った。

　支店長の堺信次がにこやかに近づいてくる。四十七歳の堺は物腰が柔らかく、近隣の顧客の評判は悪くない。

「いつも当店をご利用くださいまして、ありがとうございます」

「商売がイマイチなんで、預金する余裕はありませんけどね」

「いや、いや。その後、お父さまはいかがです？　半身不随だと、もう厨房には立てないんでしょう？」

「調理はできなくなりましたが、たまに厨房を覗いて、塩が足りないとか何とか言ってますよ。幸い言語障害は遺らなかったのでね」

「ご自分の味を息子さんに伝承されたいんでしょう」

「そうなんでしょうね。ところで、何か？」

牧野は促した。

「実は、あなたにお願いがあるんです。きょうの午後三時に当店で銀行強盗事件の模擬訓練をやることになってまして……」

「そうですか。荏原署の連中が協力してくれるわけですね？」

「いいえ、自主訓練なんですよ。近年、銀行やコンビニに押し入る強盗が増えてますでしょ？」

「ええ、そうですね」

「本店からの指示ではないんですが、支店長のわたしの独断で模擬訓練をやることにしたわけです。強盗役は若い部下にやらせるつもりだったのですが、どうしても迫真の演技はできないと思うんですよ。追っ手たちは職場の同僚ですのでね」

「そうかもしれないな」

「そこで、元警察官のあなたに強盗役をやっていただけたら、迫力が出るのではないかと思いついたわけです。悪役を押しつけるのは失礼かとは思ったんですが、ご協力願えませんかね。もちろん、それなりの謝礼は用意させてもらいます。十万円では安すぎるでしょうか？」

「強盗に扮して芝居をするだけで、十万円も貰えるんですか⁉　それは悪くない話だな」

牧野は欲を出した。たとえ十万円でも、ありがたい臨時収入だ。

「数十分の時間を割いていただけるだけでいいんですよ」

「そのアルバイト、やらせてください」

「ありがとうございます。それでは、三時少し前にこちらに来ていただけます？」

「わかりました」

「そのとき、フェイスキャップ、手袋、モデルガン、催涙スプレーなんかをお渡ししますから。それから、使い捨てのビニールのレインコートも用意しておきます」

「追っ手の方たちにカラーボールを投げさせるおつもりなんですね？」

「はい、そうです。強盗役の牧野さんが持ち去るお金も、本物の札を使うつもりです。そのほうがリアリティーがありますでしょ?」

「ええ、そうですね」

「それでは、後ほど!」

堺が踵を返し、職場に戻った。

牧野は戸越銀座商店街を足早に歩き、『太平食堂』に戻った。店内には、七、八人の客がいた。

調理場では、母の敏江がトンカツを揚げていた。手伝いの妹はキャベツを千切りにしている。隅の椅子に腰かけた父が二人に指示を与えていた。生き生きとした表情だった。

牧野は調理服に手早く着替え、すぐさま調理場に入った。すると、父の厳夫が怒声を張り上げた。

「一番忙しいときに、どこで油売ってたんだっ。母さんと京香は調理師の免許を持ってないんだぞ。だからって、せっかく来てくれたお客さんを帰らせるわけにはいかないだろうが!」

「どうしても済まさなければならない用事があって、渋谷まで行ってきたんだよ。ごめん、ごめん!」

「おまえにはプロの自覚がない。母さんはな、もう六十三なんだ。妹の京香だって、子育てで忙しいんだぞ。おまえひとりで切り盛りする自信がないんだったら、この店を継いでくれなくたっていい」

「親父、そうカッカするなって。血圧が急上昇したら、再発するよ」

牧野はむかっ腹が立ったが、穏やかに執り成した。脳卒中の後遺症で、父はひどく怒りっぽくなった。感情を司る部分が萎縮してしまったからだ。

「口を動かす暇があったら、手を動かす」

母がぶっきらぼうに仲裁に入った。父は口を閉じた。

「兄さんは一所懸命に店を盛り返そうとしてるんだから、父さんは長い目で見るべきよ」

妹の京香が牧野に加勢した。

父は昔から娘には甘い。黙ってうなずき、顎を撫でた。

牧野はオーダーを受けた料理をてきぱきと作りはじめた。母が盛りつけ、妹が配膳をこなす。二人の動きに無駄はなかった。

午後二時を回ると、客足は途絶えた。牧野は家族に賄い料理をこしらえ、自分も厨房で遅い昼食を摂った。

午後四時ごろまでは、めったに客はやってこない。妹は二時半ごろ、嫁ぎ先に戻っていった。母が京香にフライ類を持たせてやっていた。その光景を見て、牧野は仄々とした気持ちになった。

いつの間にか、父の姿は厨房から消えていた。二階の自分のベッドに身を横たえているのだろう。興奮した後は、いつもそうしていた。

「三時ちょっと前に、また三十分ほど出かけてくる。煮魚定食ぐらいは出せるよね？」

牧野は母に言った。

「誠広、何かトラブルに巻き込まれたの？」

「いや、別に」

「それじゃ、お店の資金繰りで駆けずり回ってるんじゃないの？　調味料の支払いも半分しかできなかったから」

「未払分は数日中にきれいにできるはずだよ」

「まさかサラ金から借りたんじゃないわよね？」

「違うよ。実は黙ってたけど、少し預金があったんだ」

「そうだったの。どのくらいあったの？」

母は息子の嘘を疑いもしなかった。

「百五十万。それを店の口座に入金しといたから、食材納入業者たちの支払いは心配ないよ」

「あんたに苦労かけて、すまないね。父さんが脳出血で倒れなければ、お店の売上も安定してたんだろうけど」

「もう少し時間がかかるだろうが、そのうち必ず店を繁盛させるよ」

「そう言ってくれるのは嬉しいけど、あんまり無理をしないで。いざとなったら、廃業してもいいんだからさ」

「この店を畳んだら、親父は張りを失っちゃうよ。厨房には立てなくなっても、昔のように元気になってほしいんだ」

「いまの言葉を父さんが聞いたら、泣いて喜ぶだろうね」

「親父には何も言わないでくれ。これ見よがしに親孝行をしてるように受け取られるのは不本意だからさ。第一、照れ臭いじゃないか」

「余計なことは言わないわよ。お店がこんな状態だと、誠広はなかなか結婚もできないね。あんたもそうだけど、瑞穂さんはもっと気の毒だわ。彼女、永すぎる春に焦れはじめてるんじゃない？」

「せっつくようなことは一遍も言ったことないけど、もどかしい気持ちなんだろうね。瑞穂は結婚しても当分は共働きをしてもいいと言ってるんだが、おれ、そういうのは駄目なんだ」

「父さんの影響だと思うけど、あんたは考え方が時代遅れというか、古いからね。夫は一家の主として稼いで、妻は家庭を守る。それが夫婦の理想的な役割分担だと思ってるんでしょ?」

「うん、まあ。女性が社会にどんどん進出することは悪いとは思ってないが、夫婦円満の秘訣は男と女がそれぞれの役割りを果たすことなんじゃないかな?」

「誠広は、父さんよりも古風かもしれないわよ。大正時代か昭和初期なら、あんた、すごくモテたと思うわ。でも、少々、滑れてるわね。ちょっとは瑞穂さんの気持ちを汲んでやらないと、彼女をほかの男に奪られちゃうわよ」

「脅かすなって」

「瑞穂さんは、できた女性よ。誠広にはもったいない相手だわ。先のことをあれこれ考えないで、彼女と結婚したら? 後はなんとかなるって」

「いや、まだ瑞穂を幸せにする自信がないんだ」

牧野は言った。

「慎重すぎるわ。男は、もっと大胆でいいんじゃない?」

「おれには、おれの考えがある。母さんは黙っててくれよ」

「はい、はい。ところで、これからどこに出かけるつもりなの?」

母が訊いた。

「東和信用金庫の戸越支店に行こうと思ってるんだ」

「運転資金の融資の相談？」

「『太平食堂』は赤字つづきだから、無担保では百万も貸してもらえないかもしれないが、一応、相談してみようと思ってんだ」

牧野は、とっさに思いついた作り話を澱みなく喋った。

「誠広が死ぬ気で店をなんとかしたいと思ってるんだったら、ここの土地と建物を抵当に入れてもいいわよ。父さんは渋るかもしれないけど、わたしが説得するわ」

「そこまでされたら、おれ、プレッシャーに圧し潰されちゃうよ」

「ま、責任は重くなるだろうね」

「とりあえず、支店長に融資の相談をしてみるから」

「わかったわ。お店のことは、母さんに任せて」

母が胸を叩いた。

牧野は店を出て、東和信用金庫戸越支店に向かった。戸越銀座駅の脇を抜けたとき、小学校時代の同級生と顔を合わせた。商店街の精肉店の二代目店主だ。

相手は何か話したがっている様子だった。しかし、時間がない。短い挨拶をして、先を急ぐ。目的の支店に着いたのは三時六分前だった。

ロビーに客の姿は見当たらない。すぐに支店長の堺が現われた。

牧野は支店長室に通され、模擬訓練の段取りを教えられた。謝礼の十万円は前払いだった。

牧野は堺に指示された通り、渡された手提げ袋を持って店の外に出た。近くの月極駐車場に入り、手提げ袋の中身を点検する。

フェイスキャップと革手袋は黒だった。両方を装着し、半透明のレインコートを羽織る。モデルガンはコルト・バイソンだった。それをベルトの下に差し込み、催涙スプレーをレインコートのポケットに収める。

牧野は空の手提げ袋を折り畳み、駐車場を出た。

表は、まだ明るい。近くに通行人はいなかったが、第二京浜国道には車が通っている。怪しい風体の自分を見かけたドライバーが一一〇番するのではないか。少々、不安だった。

牧野は東和信用金庫の戸越支店まで一気に駆けた。シャッターが半分ほど下ろされている。もう客はいないようだ。

牧野はロビーに押し入ると、右手にモデルガンを握った。

カウンターの向こうには、職員が八人いた。堺支店長は奥まった席に坐っている。

「この中に帯封の掛かった札束をできるだけ多く詰めろ！」

牧野は手提げ袋をカウンターに投げ出し、女性職員にモデルガンの銃口を向けた。

相手が怯えた表情をこしらえ、後方の支店長に目顔で指示を仰ぐ。

「言われた通りにしなさい」

堺が命じた。女性職員が空の手提げ袋を持って、金庫に駆け寄った。残りの職員たちが同じ方向に走った。

「急げ！　早くしろっ」

牧野は声を張り、催涙スプレーを少し噴射した。

煙幕がゆっくりと拡散していく。一分も過ぎないうちに、目がちくちくと痛みはじめた。涙も出てくる。

「もたもたしてると、二、三人、撃ち殺すぞ！　早く金を持ってくるんだ」

牧野は中腰になって、カウンターに近づいた。

最初に奥に走った女子職員が札束の詰まった手提げ袋を両腕で抱え、走り寄ってきた。

「寄越せ！」

牧野は手提げ袋を引ったくり、胸に抱え込んだ。その前に催涙スプレーはレインコートのポケットに戻してあった。モデルガンをベルトに挟み、表に走り出る。

そのまま牧野は五反田方向に疾駆した。

すぐに二人の男性職員が追ってきた。どちらも三十歳前後だった。

二百メートルほど走ると、背中に球状の物が当たった。カラーボールだろう。レインコートには蛍光塗料がべったりと付着したにちがいない。

「強盗だ。誰か逃げる男を捕まえてください」

片方の男性職員が大声を発した。

前方にいる通行人たちが立ち止まり、一斉に振り向いた。牧野は脇道に入った。二人の職員が追いかけてくる。

牧野は次第に息が上がってきた。

胸苦しい。七、八百メートル先で、立ち止まる。肩で呼吸をしていると、二人の男性職員が追いついた。

「ご苦労さまです。迫真の演技でしたね」

ひとりが笑顔で、牧野を犒った。

牧野はフェイスキャップを脱ぎ、革手袋も外した。ピンクの蛍光塗料の付着したビニールのレインコートを脱いだとき、堺支店長が走り寄ってきた。

苦しげな顔つきだった。立ち止まっても、しばらく喘いでいた。

「本物の銀行強盗に見えましたかね？」

牧野は先に口を開いた。

「ええ、リアリティーがありましたよ。いい訓練になりました」

「それはよかった」

「牧野さん、ご協力に感謝します。ありがとうございました」

「こちらこそ、お礼を言いたい気持ちです。割のいいアルバイトをさせてもらったんですから」

「いえ、いえ。手提げ袋には六百万円を入れさせたんですよ」

堺がそう言い、手提げ袋の中を検(あらた)めた。ほとんど同時に、顔色が変わった。

「どうされたんです？」

「一束、消えてる。札束が五つしかないんですよ。百万円がなくなってる！」

「ネコババなんかしてませんよ。部下のお二人にすぐ追いかけられたんですから、おかしな真似(まね)はできないでしょ？」

「あなたが外に逃(のが)れる十数秒の間、われわれは姿を見てないんですよ。牧野さんを疑ってるわけではありませんが、その間に百万円を抜き取ることも物理的には可能ですよね？」

「冗談じゃない。それじゃ、すぐに身体検査をすればいいっ」

「牧野さん、そう興奮しないでください。わたしは何もあなたが百万円を抜き取ったと言ったわけではありません。可能性がまったくないわけではないということを申し上げたかったんですよ」

「そうおっしゃるが、こっちは犯人扱いされてるように感じました。だいたい手提げ袋に間違いなく六百万円の現金を入れさせたんですか?」

「ええ、それは間違いありません。わたしだけではなく、複数の部下がはっきりと見てました」

「誰かがどさくさに紛れて、百万円の札をこっそりと一束だけ抜いたとも考えられるでしょ?」

「わたしの部下を泥棒扱いするんですかっ。元警察官だからって、そこまで言うのは問題ですよ」

「こっちだって、疑われて不愉快なんです。とにかく、三人で身体検査すればいい」

「民間人のわたしたちはそんなことはできませんよ」

「それじゃ、所轄署の捜査員を呼びましょう!」

牧野は息巻き、ポケットのスマートフォンを探った。

第二章　攫（さら）われた令嬢

1

事件現場に着いた。

渋谷区宇田川町（うだがわちょう）にある西急デパート本店の地下駐車場だ。午後四時十五分だった。

警視庁通信指令本部から渋谷署に架電があったのは、およそ十三分前である。ミッション系の女子大に通う二十一歳の女性が地下駐車場で三人組の男に拉致（らち）されたという伝達だった。詳細は不明だ。

朝比奈駿は覆面パトカーのマークXの助手席から出た。車体は灰色だ。

運転席には、部下の伴昇太（ばんしょうた）巡査部長が坐（すわ）っている。三十二歳で、スポーツマンタイプだ。伴は学生時代、ラグビー部に所属していた。上背（うわぜい）もある。

伴がエンジンを切った。すぐに彼は刑事用携帯電話（ポリスモード）を使い、後（あと）から臨場する同僚に現場に到着したことを短く伝えた。追っつけ部下の佐橋直人（さはしなおと）警部補と戸室充（とむろみつる）巡査長がやってくるだろう。

佐橋は三十五歳である。特徴のない容貌だが、落としの名人だ。大学で心理学を専攻したから、人の心が読めるのだろうか。

戸室は二十八歳だが、老けた顔をしている。三十代の後半に見られることが多い。外見とは違って、落ち着きはないほうだ。せっかちな性格で、ちょくちょく勇み足をしている。だが、どこか憎めない。

朝比奈は視線を延ばした。

隅に駐められた真紅のポルシェの周りに、警視庁機動捜査隊の捜査員が七人ほど立っている。ジャンパー姿の者が多い。彼らは、受令機のイヤホンを耳に突っ込んでいた。

高級ドイツ車の周辺には、青い出動服に身を固めた鑑識係員たちの姿があった。揃って略帽と呼ばれるキャップを被っていた。シューズカバーも着用している。

朝比奈は大股でポルシェに近づいた。

機動捜査隊の畔上勇樹警部補が朝比奈に気づき、足早に歩み寄ってくる。三十七歳だ。旧知の間柄だった。

「朝比奈さん、一カ月ぶりですね」

「そうだな。ポルシェは連れ去られた女子大生の車だろ？」

「ええ、そうです。大学生のくせに、贅沢な外車に乗ってますよね。こっちは一生、ポルシェなんか買えません」

「親が金持ちなんだろう」

「ええ、その通りです。拉致された女子大生は麦倉陽菜という名で、父親は美容整形外科医院の院長なんですよ」

「テレビのＣＭを派手に打ってる麦倉美容整形外科医院なのか」

「ええ、そうです。院長の麦倉喬もＣＦに出演してますでしょ？」

「大型クルーザーを操ってるＣＦだな」

「そうです。聖美女子大三年生の陽菜は、ひとりっ子なんですよ。幼いころから、欲しい物はなんでも与えられてきたんでしょう。それにしても、学生の分際でポルシェを乗り回すなんて生意気だな。ワーキングプアがたくさんいるっていうのに」

「妬んでも仕方ないだろうが」

朝比奈は言った。

畔上がきまり悪そうに笑った。そのとき、伴巡査部長がやってきた。畔上と伴は会釈し合った。

「麦倉陽菜はこのデパートで買物を済ませてから、三人組に襲われたのかな？」

「ええ、そうです。被害者は買ったブランド物のバッグをポルシェの後部座席に入れた直後に三人の男たちに取り囲まれて、灰色のエスティマに押し込まれ、連れ去られたんですよ」

「防犯カメラの映像、もう観た？」

「はい、観ました。犯行時刻は午後三時五十二分前後です。三人組はそれぞれニット帽を被って、濃いサングラスをかけてました。それから三人とも毛糸の手袋を嵌め、黒っぽいダウンジャケットを着てましたね」

「推定年齢は？」

「二十代でしょうね、三人とも。三十代だとしても、前半でしょう」

「エスティマは盗難車だったんだね？」

朝比奈は矢継ぎ早に質問した。

「それはわかりません。ナンバープレートの数字は黒いビニールテープでそっくり隠されてましたんで、逃走径路も不明です」

「そう。ポルシェの中を物色された痕跡は？」

「それは、まったくありませんでした。買ったブランド品もそのままでしたね。ですから、犯行目的は物盗りじゃないでしょう。考えられるのは輪姦でしょうね」

「おれは、営利目的の誘拐と睨んでるんだが……」

「その線も考えられますよね。なにしろ、父親は金を稼ぎまくってるようですから。

だから、医院のテレビコマーシャルを派手に流してるんですよ」

「犯行の目撃者はいるんですか？」

伴が畔上に問いかけた。

「事件通報者の女性客と駐車場の係員の男性が二人だね」

「その方たちの氏名と連絡先を教えてください」

「ちょっと待ってて」

畔上がジャンパーの右ポケットから、手帳を取り出した。伴が必要なことを自分の手帳に書き留めた。

「犯人たちは何か凶器を持ってたのかな？」

朝比奈は訊いた。

「録画を観た限りでは、ひとりがサバイバルナイフを持ってただけですね。その男が刃先を麦倉陽菜の脇腹に押し当てると、彼女はすぐ竦み上がりました。ですが、悲鳴はあげませんでした。二人の男に両腕を取られて、十メートルほど離れた場所に駐めてあったエスティマに乗せられたんです」

「被害者の自宅は？」

「松濤二丁目三十×番地です。父親の医院は、神山町×番地にあります」

「伴、メモしてくれ」

「はい」

　伴が朝比奈に応じ、ボールペンを走らせた。

　それから間もなく、近くに白いプリウスが停まった。覆面パトカーだ。降りたのは、佐橋と戸室刑事だった。朝比奈は佐橋たちに初動捜査情報を教え、鑑識係員から手がかりを得るよう命じた。

　二人はすぐに動いた。

「被害者の父親は事件のことを知って、自宅に戻ったそうです」

　畔上が朝比奈に言った。

「そうか。おそらく父親は、犯人グループから身代金（みのしろきん）要求の電話があるかもしれないと思ったんだろう」

「そうなんでしょうか。ちなみに麦倉喬は五十一歳で、妻の千鶴（ちづ）は四十六歳です。被害者の母親は専業主婦です」

「そう」

「誘拐事件だったら、警察（サツ）回りの新聞記者（ブンヤ）さんたちに覚（さと）られないようにしませんとね」

「そのへんは心得てるよ」

「釈迦（しゃか）に説法でした」

「ご苦労さん！」

朝比奈は畔上に犒い(ねぎら)の言葉をかけた。

畔上が同僚たちのいる場所に戻っていく。

本庁機動捜査隊は真っ先に事件現場に駆けつけ、事件のアウトラインを把握(はあく)して、一両日、基本的な聞き込み捜査をする。しかし、それで事件が解決する場合はきわめて稀(まれ)だ。

事件の捜査は所轄署に引き継がれ、殺人など凶悪な事案(じあん)だと、本庁捜査一課は地元署に捜査本部を設ける。そのことを警察用語で、帳場が立つという。

捜査一課の刑事たちは所轄署に出張り(でば)、署の刑事課の面々と協力し合って事件の真相に迫る(せま)。連続殺人事件になると、本庁の捜査一課の刑事が何十人も投入される。

捜査本部の開設は東京の場合、警視総監が原則として決定することになっていた。しかし、実際には各所轄署の署長か幹部が警視総監に開設を要請している。捜査本部の開設準備などは主に所轄署が行なう。捜査費用も所轄署が負担する。

捜査本部長は本庁の刑事部長が担う(にな)ことが多いが、それは名目だけだ。所轄署の署長は副本部長の任に就く(つ)が、やはり〝お飾り〟だった。現場の指揮官は本庁の管理官かベテラン捜査員が務める。

拉致された女子大生が殺害されたら、当然、渋谷署に捜査本部が設置される。また、人質の安全確保のため、本庁捜査一課の特殊班『ＳＩＴ(シット)』の出動を要請することもある。

『SIT』は『SAT』ほど知られていないが、頼もしい後方掩護部隊である。射撃の名手揃いだった。

佐橋と戸室が引き返してきた。

「どうだった？」

朝比奈は佐橋に顔を向けた。

「犯人グループの足跡は採れたそうですが、どれも量産されてる靴みたいですね。靴から犯人の割り出しは困難でしょう」

「頭髪や繊維片といった遺留品は？」

「採取できたという話ですが、決め手になるかどうか」

「そうだな。おまえたちは防犯カメラの映像を借り受けて、目撃者たちの事情聴取を頼む。おれたち二人は、被害者の自宅に回る」

「わかりました」

佐橋たちが駐車係控室に足を向けた。

朝比奈はマークXに歩を進めた。伴刑事が先に運転席に乗り込む。朝比奈は助手席に腰を沈めた。

伴が覆面パトカーを発進させる。

事件現場と被害者の自宅は、あまり離れていない。ひとっ走りで、都内で有数の邸宅街に入った。

麦倉邸は、ひときわ目立つ豪邸だった。斬新なデザインの三階建てだ。地下はガレージになっていた。敷地は百五十坪ほどで、庭木が多い。

伴がマークXを麦倉宅の前に停めた。

朝比奈たちは車を降り、門扉の前に立った。伴がインターフォンを鳴らす。

ややあって、女性の声で応答があった。

「どちらさまでしょう？」

「渋谷署の刑事課の者です。失礼ですが、麦倉陽菜さんのお母さんでしょうか？」

朝比奈は確かめた。

「はい、そうです。千鶴と申します」

「わたし、朝比奈といいます。娘さんのことで、いろいろ話をうかがわせてほしいんですよ。ご主人もご在宅ですね？」

「ええ、おります。いま、リモコンで門のロックを解除しますので、どうぞお入りください」

スピーカーが沈黙した。

朝比奈は部下を目顔で促し、門扉を押した。石段を上がり、ポーチまで進む。

ノッカーを鳴らしかけたとき、玄関から四十五、六歳の女性が現われた。目鼻立ちがくっきりとしている。二十代のころは、多くの男たちを振り返らせるほど美しかったにちがいない。

「陽菜の母親です。お世話になります」

「連れは部下の伴です」

朝比奈は顔写真付きの警察手帳を呈示した。ＦＢＩ方式の身分証だ。伴が名乗る。

「どうぞお入りになって」

千鶴が大きな玄関ドアを一杯に開けた。

玄関ホールは驚くほど広かった。優に二十畳ほどのスペースはあるだろう。三和土とホールの床は真珠色の大理石だった。ホールの右手にある階段の手摺には、凝ったレリーフがあしらわれている。頭上の照明も、いかにも値が張りそうだ。

朝比奈たちは、玄関ホールに接した応接間に通された。

三十畳ほどの広さだ。総革張りのソファセットは特注品だろう。二十人は坐れそうだ。殴り仕上げの白い壁には、マリー・ローランサンの油彩画が掲げられている。大きさは十号以上だろう。まさか複製画ではあるまい。

大理石のマントルピースも立派だ。家具や調度品も安物ではない。シャンデリアは、バカラの特注品なのではないか。

「いま、夫を呼んでまいりますね」

千鶴がそう言い、応接間から出ていった。

朝比奈たちは並んで深々とソファに腰かけた。坐り心地は満点だ。

「こういう豪邸の中に入ったのは初めてです。なんか気後れしちゃうな。被害者の父親は美容整形手術で、年に十億以上は稼いでるんでしょうね？」

伴が声を潜めた。

「そうなんだろうな。格差社会の勝ち組なんだろう。金で勝ち負けを測るのは、変だが」

「そうですね。そもそも勝ち組とか負け組とか分けること自体、おかしいですよ」

「おれも同感だ。人生に勝ち負けなんかない。富や名声を得ても、家族や知人に軽蔑されてたら、勝利者とは言えないからな」

「ええ。逆に陽の当たらない人生を送ったとしても、本人がそれで満足してれば、敗者ではありません」

「その通りだな。この世に勝者がいるとすれば、思い通りに生きて、悔いを残さなかった人間のことなんだろう」

「そうなんでしょうね」

二人の会話が途切れたとき、麦倉喬が応接間に入ってきた。

テレビコマーシャルよりも若々しく見える。薄手のカシミヤセーターを着ていた。下はウールのスラックスだ。

朝比奈は立ち上がって、麦倉に名刺を渡した。少し遅れ、伴も名刺入れを取り出した。

「掛けましょう」

麦倉が先に朝比奈の前に坐った。朝比奈たちもソファに腰を戻した。

「事件のあらましは、機捜(きそう)の方からうかがいましたよ。電話でね」

「そうですか」

「朝比奈さんでしたかね。もう渋谷署は犯人グループに目星をつけたんでしょ？」

「残念ながら、まだ……」

「日本の警察は優秀だと言われてるが、たいしたことないな」

麦倉の口調がぞんざいになった。

「まだ事件が発生して間がないわけですから、犯人グループの絞り込みまでは無理ですよ」

「他人事(ひとごと)だから、そんな悠長(ゆうちょう)なことを言ってられるんだっ。陽菜は、娘はわたしたち夫婦には宝物なんだ。三人組にどこかに監禁されて、もう身を穢(けが)されてしまったかもしれないんだぞ。運が悪ければ、すでに殺害されてるかもしれないんだ。こっちの神経を逆撫でするようなことは言わないでくれ」

「配慮が足りなかったのでしたら、謝ります。ところで、お嬢さんが何かトラブルに巻き込まれてたことは？」

「ない！　そんなことはないよ。陽菜は誰からも好かれてたし、他人と争うことは嫌ってたんだ」

「そうですか。親しくされてた男友達は？」

「ボーイフレンドの類は何人かいるようだが、恋人と呼べるような彼氏はいないはずだよ」

「何もトラブルがなかったとしたら、営利目的の誘拐事件と考えてもいいでしょう」

　朝比奈は言った。

「そうであってほしいと願ってるよ。犯人グループの狙いが身代金なら、金で片がつくからな。娘を取り戻せるなら、一億でも二億でもくれてやる」

「確認しておきたいのですが、まだ犯人側から何も要求されてないんですね？」

「一度も連絡はない。もし犯人グループが身代金を要求してきたら、悪いが、警察には手を引いてもらう。警察が動いてるとわかったら、おそらく犯人は身代金を諦めて、娘を殺す気になるだろうからな」

「身代金をせしめる気でいるのでしたら、犯人側は決して人質を殺したりしないでしょう。われわれ抜きで犯人側と個人的に交渉することは危険です。最悪の場合は身代金をまんまと奪られて、人質も始末されてしまうかもしれません。いや、身代金の運び役も殺られかねない」

「身代金をたっぷり払えば、そんなことにはならんだろう」

「そのお考えは少し甘いと思います」

伴刑事が話に割り込んだ。

麦倉が険しい表情で伴を睨めつけた。

「どこが甘いんだ?」

「お嬢さんを連れ去った奴らは、札つきの犯罪者なのかもしれません。前科歴があれば、必ず捜査圏外に逃れようと考えるものです。だから、足のつくようなことには異常なほど過敏になるんですよ」

「だから?」

「人質はもちろんのこと、その家族や身代金の運搬役も葬ってしまおうと考えるでしょう。捜査関係者以外の方が誘拐犯グループと裏取引をすることは、きわめて危険です」

伴が説きはじめた。麦倉は唸っただけで、言葉は発しなかった。

沈黙が落ちた。

そのとき、麦倉の妻が応接間に戻ってきた。洋盆(トレイ)には、三人分のコーヒーが載(の)っている。カップはマイセンだった。

千鶴はコーヒーカップを卓上に移すと、夫のかたわらに浅く腰かけた。朝比奈は、これまでの遣(や)り取(と)りを千鶴に伝えた。

「わたしも、営利目的の誘拐事件ではないかと思っていました。陽菜のお友達たちに確かめてもらっても結構ですけど、娘はおっとりとした性格ですので、他人(ひと)とぶつかることはなかったはずです」

「一度も？」

「ええ。何かで陽菜が誰かに恨(うら)まれてるなんて、まず考えられません。誘拐事件ですよ、営利目的のね。怨恨(えんこん)による犯行ではないわ」

「念のため、娘さんの友人たちからも聞き込みをしたいんです。その方たちの名前と連絡先を教えていただけます？」

「わかりました」

「それから、できたら、陽菜さんのアルバムも見せてほしいですね」

「承知しました」

千鶴が優美に立ち上がり、また席を外した。

「お嬢さんの身を案じる気持ちは理解できますが、個人的に犯人グループと交渉することはおやめになってください」

「おたくたちが無事に娘を保護できなかったら、どう責任を取ってくれるんだね。署長だけじゃなく、副署長や刑事課長も責任を取って退官してくれるのかな」

「そこまではできませんが、われわれは全力を尽くします」

「そう言われても、うなずくわけにはいかないな。警察の判断ミスによって、過去に何人かの人質が誘拐犯に殺されてるんだ。金は働けば、取り戻せる。しかし、殺された人間を生き返らせることはできない」

「ええ、おっしゃる通りですね。だからといって、みすみすリスキーな方法を選ぶことは愚かです。われわれは捜査のプロです。時にミスをすることはあります。しかし、多くの犯罪者と接してきましたので、彼らの手口や心理状態にも精通してます。少なくとも、民間の方たちよりは人質を救出するパーセンテージは高いはずです」

「それはそうだろうがね」

「別に自慢するわけではありませんが、わたしは過去に三度、誘拐事件の捜査に当たっています。人質は全員、保護しました」

「そうなのか」

「犯人側に動きを覚られないよう細心の注意を払います。ですから、お宅で電話の逆探知をさせてください」

「逆探知か」

「この種の事件を扱ったことのある同僚刑事だけをこちらに呼びます。むろん民間人を装わせて、車もレンタカーを使わせます」

「そういうことなら、警察の力を借りてもいいな」

麦倉が呟くように言った。数秒後、千鶴が応接間に戻ってきた。

「娘のお友達の名前と連絡先をメモしてきました」

「助かります」

朝比奈はルーズリーフ・ノートを受け取り、ざっと目を通した。女性が七人で、男性が三人だった。

朝比奈はメモを伴刑事に渡し、アルバムの頁を繰りはじめた。被害者の陽菜は品のある顔立ちをしている。美人と呼んでも差し支えないだろう。

「娘と一緒に写ってるお嬢さんは仏文科のクラスメートで……」

千鶴が被写体のひとりひとりを指さしながら、陽菜との関係を語りはじめた。大いに参考になった。

「お嬢さんが誰からも恨まれてないことはよくわかりました。お父さんが美容整形を受けた女性からクレームをつけられたなんてことはありませんでした？」

伴が言って、麦倉夫婦を等分に見た。

千鶴がわずかに目を伏せた。朝比奈は、それを見逃さなかった。しかし、もう少し様子を見ることにした。

「自分で言うのはなんだがね、わたしは日本で三本の指に入る美容整形外科医と言われてるんだ。それを裏付けるように、わたしのクリニックは一年先まで予約が入ってる。手術を施した方たちに感謝されてはいるが、文句をつけられたことは一度もない。な、そうだろう？」

麦倉が妻に相槌を求めた。千鶴は小さくうなずいたが、目が落ち着かなかった。

施術のことで、麦倉院長は患者にクレームをつけられたことがあるようだ。ナースたちに探りを入れる必要があるだろう。

朝比奈は院長夫人を見ながら、密かにそう思っていた。

「仕事上のトラブルがないとしたら、隣近所とのおつき合いはいかがです？」

「下町と違って、このあたりの住民はべたついた交際はしないんだ。しかし、それぞれ各界で成功を収めた方たちが大半だから、低次元な揉め事なんかないよ」

「金持ち喧嘩せずってやつですね」

伴刑事の言葉には明らかに厭味が込められていたが、麦倉は意に介さなかった。

「そういうことだな」

「奥さんのほうはどうでしょう？」

「家内だって、他人に恨まれるようなことはしてない。ボランティア活動をしてるんで、もっぱら感謝されてると思うよ」

「そうですか」

伴が口を閉じた。

「いったん署に戻って、またお邪魔します」

朝比奈は麦倉に言った。

「そう」

「その間に犯人側が接触してきても、すぐに要求に応じたりしないでくださいね。お嬢さんが無事かどうかを確かめるだけにしてほしいんです」

「わかったよ」

麦倉が答えた。朝比奈は、横にいる伴刑事に目配せした。

二人は、ほぼ同時に立ち上がった。

2

客は疎(まば)らだった。

五反田駅の近くにある鮨屋(すしや)だ。午後八時過ぎである。

本多貴之は付け台に向かっていた。右隣には、妻の実父の田畑賢吾が坐っている。岳父は大崎署の副署長だ。

二人の前には、それぞれ刺身が盛られている。黒鮪の中トロ、鮃、鯛、勘八、赤貝、牡丹海老の六品だった。

本多はほとんど箸をつけていない。皿の代わりに敷かれた熊笹は、少し水気を失いはじめていた。

「遠慮しないで食べてくれ」

田畑が言った。

「もともと酒を飲むときは、あまり食べないほうですので」

「そうだったね。しかし、少し肴を腹に入れとかないと、胃をやられるよ」

「はい」

「きみと初めて会ったのは、野方署で生活安全課長をやってるときだったな。秋田訛の言葉を耳にしたときは、とっても懐かしかったよ」

「お義父さんも高校を出るまで、青森の弘前で暮らしてましたからね」

「そうなんだ。東京の大学に入ってからは方言コンプレックスがあったんで、懸命に標準語を覚えたよ。東京での暮らしのほうがはるかに長くなったから、いまではほとんど東北弁は出なくなった。それでも東京育ちの家内には時々、イントネーションがおかしいと指摘されたりするがね」

「そうですか。ぼくも、アクセントが変だと同僚に言われてます」

本多は小さく苦笑し、芋焼酎のお湯割りを傾けた。三杯目だった。義父は純米酒を飲んでいる。

「東北人はぶきっちょだが、人柄は悪くない。きみもそうだ。だからね、わたしは圭子の旦那に貴之君を選んだんだよ」

「光栄なことです。圭子なら、東大出の警察官僚の妻にもなれたのに」

「わたしはね、有資格者が嫌いなんだよ。すべての警察官僚ではないが、彼らの多くはわれわれノンキャリアを陰で駒と呼んでるんだ」

「昔は、そうだったそうですね」

「なあに、いまだって同じだよ。確かにキャリアさんは頭が切れる。しかし、連中は行政官なんだよ。捜査に関しては素人同然だ。それはともかく、エリートたちの傲慢さが鼻持ちならないね。六十年近く生きてきて、人間は五十歩百歩なんだってことがはっきりとわかった。だからね、誰も謙虚さを忘れちゃいけないんだよ」

「その通りだと思います」

「そんなわけでね、わたしは娘ときみをくっつけたんだ。圭子も貴之君の温かさに惹かれたようだし、きみだって……」

「圭子が好きになったから、結婚したんです」

「そうだよな。しかし、最近は秋風が立ちはじめてるようだね。圭子がなかなか妊娠しないことが夫婦仲を冷え込ませたのかな？」

「そうではありません。圭子は早く子供を産(う)まなければと焦(あせ)ってるようですが、わたし自身は子宝に恵まれなくてもいいと思っています。妻に不妊治療を受けさせてまで父親になりたいとは考えていません」

「ほんとかね？」

「ええ」

「その通りなら、圭子は思い違いをしてるようだな。娘はいっこうに妊娠しないので、きみが浮気心を起こしたんではないかと……」

「浮気なんかしてませんよ」

本多はことさら明るく言った。内心は、うろたえていた。後ろめたくもあった。

「単なる浮気なら、どうってことはない。女房持ちでも半数以上の男が一度や二度ぐらいは別の女性を抱いてるようだからね。しかし、本気になるのはまずいな」

「天地神明に誓(ちか)って、浮気はしていません」

「その言葉を信じてもいいんだね？」

岳父が探るような目を向けてきた。

　本多は大きくうなずいた。自分の狡さを嫌悪しながらも、家庭は壊したくなかったからだ。脳裏には愛人と妻の顔が浮かんでいた。

「圭子は、きみが不倫してると確信してる様子だったな。娘は被害妄想に陥ってるんだろうか」

「そうなんでしょうか。職務の関係でだいぶ前から寝室を別々にしていますが、愛情が冷めたということではありません」

「ここまで言っていいのかわからんが、もう何カ月も夫婦の営みがないんだって？　きみの年齢では、ちょっと考えにくいんだがね」

「仕事のストレスがあって、なかなかそういう気になれないんですよ。決して意図的に圭子を避けてるわけではありません。くどいようですが、不倫相手がいるから、セックスレスになったということではないんですよ」

「貴之君にかまってもらえなくなったんで、娘は淋しくなったんだろうな。それで、心の空虚さを埋めたくて、六本木に繰り出すようになってしまったんだろう」

　田畑が言ってから、すぐ悔やむ顔つきになった。

「圭子は六本木で何をしてるんです？」

「それは知らんほうがいいだろう」

「お義父さん、教えてください。なんか気になりますので」

「しかし……」

「何をしてても、妻を咎めたりはしません」

「それなら、喋ってしまうか。圭子は息抜きしたくなったのか、時たま六本木のホストクラブに行ってるようなんだ。店名までは知らんがね」

「ホストクラブですか」

本多は自分のことは棚に上げ、ひどく不愉快になった。妻が若い男たちを侍らせて、愉しげに酒を飲んでいる姿が目に浮かんだ。

ジェラシーよりも、屈辱感のほうが大きかった。プライドを著しく傷つけられた。

「お気に入りのホストはいるみたいだが、その男と娘は腥い関係にはなってないだろう。圭子は、それほど軽薄じゃないよ」

「ええ、そこまではのめり込んでないでしょう」

「貴之君、どんどん食べて飲んでくれ。つまみを平らげたら、少し握ってもらおうよ。ここの大トロの炙りと煮穴子は絶品なんだ。少し店の売上に協力しないと、大将に悪いじゃないか」

義父は別の客の前に立っている五十年配の店主を横目で見てから、刺身を次々に口に運んだ。さらに何貫か握ってもらった。

話は弾まなかった。

本多は刺身の盛り合わせを半分ほど無理に口の中に押し込み、先に店を出た。五反田駅に向かう。ＪＲと私鉄を利用して、石神井の自宅マンションに帰宅した。

五〇六号室は暗かった。本多は自分の鍵を使って、部屋に入った。

ダイニングテーブルの上に、妻のメモがあった。

学生時代の友人と急に食事をすることになったと記されている。夕食の主菜を電子レンジで温めてほしいと付記してあった。

妻は六本木のホストクラブに出かけたのではないか。

本多はコートを着たまま、妻の寝室に入った。圭子は自宅の権利証、預金通帳、実印などをウォークイン・クローゼットの中に置かれたチェストの中に保管していた。

本多はクローゼットの中に入り、チェストの最上段の引き出しを開けた。何か悪い予感がした。最初にチェックしたのは、メガバンクの預金通帳だった。

今年に入ってから、無断で九十万円が引き出されている。その金で、ホストクラブで遊んだのかもしれない。

本多はクローゼットから出ると、ベッドの横のサイドテーブルの中を検べた。

最下段の引き出しの奥に、四枚の領収証が隠されていた。六本木三丁目にあるホストクラブ『恋の巣』の領収証だった。金額は、どれも二十万円を超えている。

本多は四枚の領収証をコートのポケットに突っ込み、五〇六号室を飛び出した。マンションの近くの表通りでタクシーを拾い、六本木に向かう。

『恋の巣』を探し当てたのは、およそ四十分後だった。

店は六本木五丁目交差点のそばの飲食店ビルの地下一階にあった。すぐにもホストクラブに入りたかったが、店内で見苦しい真似はしたくない。思い留まった。

本多は店の斜め前のガードレールに腰かけ、ラークに火を点ける。

ふた口ほど喫ったとき、栗毛の白人女性が近づいてきた。二十代の前半だろう。セクシーな肢体だ。ミニスカートから、むっちりとした腿が覗いている。

「あなた、忙しい？」

女がたどたどしい日本語で話しかけてきた。

「それほどでもないが、なんの用だい？」

「わたし、ロアビルの先にある白人クラブで働いてる」

「ホステスさんか？」

「うん、そうね。わたし、クロアチアの出身。だから、あんまり英語うまくない。クロアチアの言葉わかる日本人男性、全然いないね。お客さん、わたしを指名してくれない」

「急にそう言われても……」

「十日ぐらい前から、フロアマネージャー、機嫌が悪い。わたしに外でお客さんをキャッチしろと言ったね。このままだと、わたし、お店をやめさせられちゃう。それ、困るよ」

「日本で稼がなくちゃならないんだ？」

「そう、そうね。お店の料金、そんなに高くない。わたしを五回指名してくれたら、あなたとホテルに行く。メイクラブ代、四万円でいい」

「ほかの男を誘ってくれ」

「あなた、ゲイ？　そんなふうには見えないけど。そうなの？」

「おれはポリスマンなんだよ」

「嘘でしょ⁉」

「ほんと、ほんと！」

本多はＦＢＩ型の警察手帳をちらりと見せた。クロアチア人と称した女は肩を竦め、慌てて逃げ去った。

本多はフィルター近くまで灰になった煙草を足許に落とし、靴で火を踏み消した。

そのすぐ後、真沙美から電話がかかってきた。

「わたし、コンビニを辞めたくなっちゃった」

「バイト先で何があったんだ？」

「弁当を買った中年男がね、五千円札を出したのに、わたしに一万円札を渡したって言い張ったのよ」

「その男は勘違いしたんだろう」

「ううん、そうじゃないわ。きっと釣り銭詐欺（さぎ）を働くつもりだったのよ、最初っから」

「そんなふうに、むやみに他人（ひと）を疑うのはよくないな」

「貴之さんはわたしの味方だと思ってたけど、そんなことを言うわけ⁉　がっかりだわ」

「別に真沙美が嘘を言ってると思ってるんじゃないんだ。勘違いすることもあるからな、人間はさ」

「五千円札を出した奴は確信犯なんだと思う」

「なんとも言えないな。で、どうなったの？」

　本多は問いかけた。

「押し問答してると、店のオーナーがやってきたの。オーナーは客の言い分を聞き入れて、結局、九千五百三十円のお釣りを渡しちゃったのよ。弁当は四百七十円の鮭（さけ）弁だったから」

「そうか」

「オーナーったら、セコいのよ。損した分の半分は、わたしのバイト代から差っ引かせてもらうと一方的に言ったの。わたし、何もポカなんかやってないわ。そうでしょ？」

「ああ、そうだろうな」

「それなのに、ひどいよ。わたし、まだ頭にきてるの。コンビニのバイトなんか辞めちゃって、また風俗の仕事をしようかな。せっせと抜きに励めば、アメリカン・カジュアル専門の古着ショップの開業資金も作れるだろうから」

「真沙美、自棄になるなよ。開業資金の件だが、なんとかしてやろうと思ってるんだから」

「ほんとに？」

真沙美の声は上擦っていた。

「ああ。もう少し待っててくれ」

「待つのはいいけど、貴之さんに甘えっ放しでいいのかな。わたし、なんのお返しもできないかもしれないよ。古着ショップが必ずしも繁昌するとは限らないでしょ？」

「真沙美に何か返礼してもらおうなんて思っちゃいないよ。おれのそばにいてくれれば、それで充分さ」

「貴之さんは、ほんとに善い人だね。真沙美、最高に幸せ！」

「オーバーだな」

「ほんとだってば。古着屋が成功したら、わたし、貴之さんの赤ん坊を産んじゃおうかな。あっ、焦らないで。シングルマザーになって、子供はちゃんと育てあげるから。

産んだ子を認知してくれとも言わないわ。奥さん、この先も妊娠しないかもしれないんでしょ？」

「妊娠する可能性はゼロに近いよ」

「わたしがシングルマザーになったら、迷惑？」

「いや、そんなことはないよ。真沙美に似た男の子が生まれたら、かなりのイケメンになりそうだな。そしたら、アイドルにでもするか。もちろん、冗談だけどな」

「わたし、本気で貴之さんの子を産みたくなってきたわ。やっぱり、女は好きな男性の赤ちゃんを産んで育てたいのよね。その前に古着ショップを繁昌させなくちゃ」

「そうだな。開業資金はなんとか工面するよ」

「ありがとう。ね、これから、わたしの部屋に来ない？」

「今夜は無理だな。いま、張り込み中なんだ。チャイルド・ポルノ屋をマークしてるんだよ」

本多はもっともらしく言って、先に電話を切った。

じっとしていると、夜風が身に沁みる。本多はガードレールから腰を浮かせ、『恋の巣』の前を往きつ戻りつしはじめた。歩きつづけているうちに、体が火照ってきた。

ホストクラブから妻が現われたのは午後十一時過ぎだった。

圭子は、二十五、六歳のマスクの整った男と腕を組んでいた。お気に入りのホストなのだろう。頭は悪そうだが、俳優顔負けの容貌だ。着ているスーツは、ポール・スミスなのではないか。

階段を上がりきると、圭子は体の向きを変えた。次の瞬間、妻は相手の男と唇を重ねた。軽いくちづけだったが、馴(な)れた仕種(しぐさ)だった。

相手が笑顔で圭子に何か言い、店に通じる階段を駆け降りていった。

妻は車道に寄って、タクシーの空車を探しはじめた。まだ夫には気づかない。

本多は圭子の背後に迫り、無言で肩を叩(たた)いた。

「翔(しょう)、わたし、何か忘れ物をした？」

妻が振り向き、口に手を当てた。明らかに焦っている。目が落ち着かない。

「ホストクラブ通いか。いい身分だな」

「あなたが、なぜ、こんな所にいるの⁉　まさかこっそりわたしを尾行してたんじゃないでしょうねっ」

「そんなことはしてない。ある人物が教えてくれたのさ、圭子が六本木のホストクラブで遊んでることをな」

「ある人物って、誰なのよ？」

「その質問には答えられない。さっきキスした奴が翔ってホストなんだな？」

「やだ、見てたのね」

「見えちゃったんだよ。若い娘じゃないのに、大胆だな。それだけ夢中だってことか」

「あなたが悪いのよ。わたしを裏切って、不倫に走ったりするから」

「おれは浮気なんかしてない」

「まだシラを切る気なの。呆れたわ。女の勘を見くびらないほうがいいわよ」

「おれに黙って、勝手に銀行から九十万ほど引き出したな。背徳行為だぞ」

本多はコートのポケットから四枚の領収証を抓み出し、妻の目の前に突きつけた。

「残高までチェックするなんて、やり方が陰険ね」

「開き直るのかっ」

「どこかでガス抜きしなかったら、わたし、精神のバランスを崩しそうだったのよ。あなたに無断で下ろした九十万円はパートをやってでも、ちゃんと返すわ」

「おれは、金のことで咎めてるんじゃないんだ。ストレス解消に圭子が百万遣っても かまわないさ。しかし、三十過ぎの女が若造に入れ揚げることはないだろうが！　翔って奴は、いくつなんだ？」

「二十六よ」

「まだガキじゃないか」

「でも、傷ついた女を優しく慰めてくれたわ。わたしたち、もう終わりよ。別れましょう」

「翔とは寝たのか？」

「下品な言い方しないで」

「返事をはぐらかすな。どうなんだ？」

「ええ、抱かれたわ。たったの一回だけどね」

「十万円ぐらい小遣いをやって、ベッドパートナーを務めてもらったわけか」

「侮辱しないで。金銭の遣り取りなんかなかったわ。翔は心優しい男の子だから、旦那に裏切られた人妻を束の間、慰めてくれたのよ。先に不倫に走ったあなたに、わたしを詰る資格なんかないわ」

　圭子が言い募った。

「同じことを何度も言わせるな。おれは浮気なんかしてない」

「大嘘つき！　とにかく、もうわたしたちはやり直せないわ。離婚しましょうよ」

「おれは別れない」

「離婚したら、マイナスになるわよね。でも、いいじゃないの。あなたには野心があまりないんだから。同期生の朝比奈さんが警部になっても、まったく奮起しようとしなかった」

「職階が大きく開いたわけじゃない。ワンランク違いじゃないか。そんなことで汲々とするなんて、ばかばかしいよ」

「でも、離婚は減点になるから、別れたくないんでしょ？　それに、世間体もよくないしね」

「おれは、そんなことに拘ってるわけじゃない」

「それじゃ、なぜ、同意してくれないの？　わたしにはわからないわ」

「最近は少し感情が擦れ違ってるが、結婚してから二人で育んできたものがあるじゃないか。夫婦の絆と言うか……」

「あなたは偽善者だわ。本心を隠して、きれいごとばかり言ってる。わたしたちは、もう背を向け合ったのよ。この状態で一緒に暮らしたところで、所詮、仮面夫婦だわ。この際、きっぱりとけじめをつけるべきよ」

「おれは浮気なんかしてないし、圭子が嫌いになったわけでもない。だから、離婚したくないんだ」

「本音を言いなさいよ。わたし、翔と体の関係を持ったと正直に打ち明けたわ。わたしのことを大事な女性と思ってくれてたら、絶対に赦せないはずよ。わたしが男だったら、そう感じるでしょうね」

「妻の背信行為は腹立たしいよ。しかし、圭子の孤独を感じ取れなかった夫にも何らかの責任があると思う。だから、一度ぐらいの過ちには目をつぶる寛大さも示さないとな」

「なんだかんだと言っても、あなたは世間体を気にしてるのよ。ええ、そうなんだわ。他人の目ばかり気にしてたら、自分らしく生きられないのに。そんな人生、面白くないでしょうが！」

「とにかく、少し冷却期間を措(お)こうじゃないか」

本多は提案した。

「そんなことをしても、時間の無駄よ。覆水(ふくすい)盆に返らず、だわ」

「結論を急ぐなって」

「これ以上、話し合っても意味ないわ。わたし、今夜から実家で暮らすから！」

「えっ⁉」

「本気だからね」

圭子が言い放(はな)ち、片手を高く挙げた。空車ランプを灯(とも)したタクシーが停まった。圭子は、そそくさと車に乗り込んだ。

タクシーが走りだした。

本多は優柔不断(ゆうじゅうふだん)な自分に呆れながら、遠ざかる尾灯(テールランプ)を意味もなく見つめた。

いったい自分は何を恐れているのか。離婚に踏み切れない理由は何なのだろうか。

本多は自問した。だが、答えは得られなかった。

仕事に身が入らない。

3

それどころか、さきほどからミスを繰り返している。前例のないことだった。

牧野誠広は『太平食堂』の厨房で仕込みの最中だった。銀行強盗役を演じた翌日の午前十時半過ぎだ。

きのうのことは、思い出すだに腹立たしい。

駆けつけた二人の制服警官は堺支店長の言い分を信じ、牧野が百万円を着服したと疑っている様子だった。牧野は自分がかつて警察官だったことを明かした。

それで事態が好転すると楽観していた。しかし、逆効果だった。

「あんたみたいな奴がいるから、警察のイメージが悪くなるんだ」

五十年配の外勤巡査長は敵愾心を剝き出しにした。巡査長は昇任試験によって得られる職階ではない。長年こつこつと職務に励んだ巡査に与えられるポストだ。

ランクは巡査部長のすぐ下ということになるが、それほど敬意を払われることはない。そのせいかどうかわからないが、交番勤務の巡査や巡査長の中には若手の刑事を敵視している者もいる。結局、牧野は任意同行を求められ、所轄署に連れ込まれた。

窃盗犯担当の刑事たちに代わる代わる事情聴取され、帰宅を許されたのは午後七時過ぎだった。

刑事のひとりは『太平食堂』があまり流行っていないことを何度も口にした。牧野が百万円を抜き取り、どこかに隠したと疑っている気配がうかがえた。

店の近くで二人の刑事が張り込みはじめたのは、午前九時過ぎだった。

シャッターを開けたとき、牧野はそれに気づいた。

ひとりは昨夕、牧野に疑わしそうな眼差しを向けてきた四十絡みの刑事だった。確か曽我という名だ。相棒は三十一、二歳の細身の男だった。安東という苗字だったのではないか。

目が合うと、二人の刑事は急いで路地に走り入った。

牧野は店の中に引っ込み、数分待った。すると、曽我と安東はふたたび元の場所に立った。牧野は被疑者と見られていることが不愉快だった。荏原署に電話をかけ、副署長に強く抗議した。

相手は、別件の内偵捜査で曽我たち二人が『太平食堂』の近くで張り込んでいると弁明した。見え透いた言い訳と感じたが、反論するだけの材料はなかった。牧野は徒労感を覚えながら、通話を切り上げた。

異臭が鼻腔に滑り込んだ。

大鍋の煮汁がなくなっていた。二十切れ近い鰈が焦げてしまった。

牧野はガスの火を消し、溜息をついた。

とても煮魚定食には使えない。食材を無駄にしてしまった。鰈の切り身の仕入れ値は二百三十円だが、これで四千円ほど損金を出したことになる。大衆食堂の利幅は薄い。

牧野は足許のサラダ油の缶を蹴りつけ、白い調理服の胸ポケットからスマートフォンを取り出した。すぐに東和信用金庫戸越支店に電話をする。少し待つと、堺支店長が電話口に出た。

「きのうは、ひどい目に遭いましたよ。荏原署の刑事たちは、こっちが百万円をネコババしたと疑ってるようでした」

「そうですか」

「堺さん、手提げ袋に六百万円入れたというのは勘違いだったんでしょ？　本当は五百万しか詰めなかったんではありませんか？」

「いいえ、間違いなく六百万円入れました。きのうも言いましたが、何人もの部下がそのことを確かめているんです。札束に羽根は生えてませんから、誰かがネコババしたとしか考えられませんね」

「百万円を着服したと思われてるんだな、まだ」

「牧野さん、正直に話してもらえませんか。あなたがつい出来心で、百万円だけ……」

「泥棒扱いしないでくれ。どんなに貧乏しても、他人の金になんか手をつけませんよ」

「しかし、魔が差すってこともあるでしょ？」

「無礼ですよ。あなたのほうこそ、どうなんです？」

　思わず牧野は口走ってしまった。

「わたしが百万円を横領したと怪しんでるんですか⁉　それこそ、無礼ですね。わたしは支店長なんですよ。年収二千万円近いんです。百万ぽっちの金で人生を棒に振るようなことはしません」

「しかし、その気になれば、部下たちが手提げ袋から目を離した隙に百万円の束をくすねることはできるんじゃないかな」

「失礼な奴だ。それ以上、わたしを侮辱したら、告訴も辞さないぞ」

　堺が喚き、荒々しく電話を切った。

　牧野はスマートフォンを胸ポケットの中に戻した。そのとき、妹の嫁ぎ先に出かけていた母の敏江が帰ってきた。

「あら、焦げ臭い！　煮魚を焦げつかせちゃったのね」

「そうなんだ。ちょっと考えごとをしてたんでさ」

「今後は気をつけてよ」

「わかった」

牧野は使い物にならなくなった鰈をバットに移し、大鍋を洗いはじめた。翌日分の切り身を煮付ける気になったのである。

白い上っ張りを羽織った母が手を入念に洗ってから、フライの下拵えに取りかかった。鯵フライと牛肉コロッケが手際よくバットに並んでいく。

「実はね、昨夜十時過ぎに警察の人たちがここに来たの。誠広がちょうどお風呂に入ってるときだったわ」

「荏原署の曽我刑事だな？」

「そう。若いほうは安東と名乗ってた。刑事さんから誠広のアルバイトのことは聞いたわ。それから、強盗役のあんたが持ち逃げした手提げ袋の中から百万円が消えたこともね」

「堺支店長も刑事たちもおれが金をネコババしたと疑ってるようだが、おれ、絶対に疚しいことはしてないから……」

「ほんとなのね？」

「自分の息子が信じられないのかよっ」

牧野は語気を強めた。実母にまで不審の念を持たれたことが哀しかった。

「誠広は真面目な性格だし、正義感も強いから、母さんはあんたが悪いことなんかしないと思ってるわ。だけどね、貧すれば鈍するって言うし、出来心でついなんてこともあると思うのよ」

母は遠回しな言い方をした。しかし、わが子を少しは怪しんでいることは疑いようがなかった。哀しみは憤りに変わった。

「わが子を疑うなんて最低だよ。おれは無実だ。確かに『太平食堂』は赤字で苦しんでる。だからって、他人さまの金を盗ろうとなんかしないよ。おれは、そこまで腐っちゃいない」

「信じていいのね？」

「当たり前じゃないかっ」

「母さんが悪かったわ。ほんの一瞬でも、あんたを疑ったことが恥ずかしい」

「もういいよ、そのことは。それより、消えた百万のことは親父に話したの？」

「父さんには黙ってるつもりだったんだけど、今朝起きたときにね」

「喋っちゃったのか」

「うん。母さんひとりの胸に仕舞っておくのはまずいかもしれないと思ったのよ。だけど、京香には何も話してないわ」

「親父の反応は？」

「大病したことを嘆いて、ちょっと塞ぎ込んでたわね。自分が元気なら、誠広を頼らなくても店はちゃんと維持できたのにと涙ぐんでた。父さん、倒れてから、なんだか涙脆くなっちゃったのよ」

「親父、ショックを受けたんだろうな」

「黙ってるべきだったかしら？」

「そうだね。体が不自由になってから、なんか親父は僻みっぽくなったよな？」

「ええ、そうね」

「自分が家族の負担になってると感じたら、余計に落ち込みそうだな」

牧野は呟いた。

その直後、二階で鈍い落下音が響いた。父の部屋だった。

「父さん、ベッドから転げ落ちたのかもしれないわ」

「行ってみよう」

「うん」

母が先に厨房から飛び出した。牧野は母の後から階段を駆け上がった。

父の部屋に入る。父は壁際に坐り込んで、腰をさすっていた。ほぼ真上のハンガーフックには、輪の形の布製ベルトが巻きつけられている。

「あんた、自分で死のうとしたの⁉」

母の敏江が取り乱し、夫のかたわらに屈み込んだ。

「首がすっぽ抜けちまった」

「なんで自殺なんかする気になったのっ」

「リハビリに励んでも、右半身は思うように動いちゃくれない。倅の人生設計まで狂わせるようじゃ、親失格じゃないか」

「体を自由に動かせないようになっても、あんたは立派に誠広のコーチ役を果たしてるじゃないの。自分を役立たずなんて思っちゃ駄目よ」

「半人前になっちまったことは事実だ。おれがこの世から消えれば、誠広は店を畳んで再出発もできる。もう家族の足手まといになりたくないんだ。敏江、おれは辛いんだよ」

「わたしたちは家族なのよ。支え合うことは当然のことだわ」

「しかし、親としてのプライドもあるからな。女房や息子に迷惑かけてまで長生きしたくない」

父の厳夫が言った。と、母がきっとした表情になった。

「そんなに死にたけりゃ、わたしや誠広の前で首を吊ればいいわ」

「敏江……」

「脳卒中の後遺症で半身が麻痺してしまったことは辛いと思うわ。でもね、もっと後遺症が重い人たちが大勢いるのよ。左半身に障害がないのは、神さまがまだ何かしなさいって言ってるんだわ。ええ、そうなのよ」

「そうなのかな？」

「絶対にそうだわ。あんたは自分の味を誠広に伝授する義務があるのよ。それを放棄（ほうき）して、自分だけ早く楽になりたいなんて甘えてるし、卑怯（ひきょう）だわ」

「卑怯か」

「ええ、そうよ。誠広はあんたが『太平食堂』をどんなに大事にしてるかわかってたから、依願退職して、この店を継いでくれたんじゃないの」

「そのことはありがたいと思ってるさ。しかし、店の再建は簡単じゃない。誠広や敏江に苦労かけたくないから、廃業のチャンスを作ってあげたかったんだ」

「誠広はあんたの気持ちを汲（く）んで、警察を辞めたのよ。だったら、息子が店を完全復活させるまで料理のコーチをするのが責務なんじゃないの？　途中で逃げ出すなんて、男らしくないわ。その前に、わがますぎるわよ」

「そうだな。敏江の言う通りかもしれない。おれ、どうかしてたよ。もう死のうなんてしないよ」

　父は母の肩に手を置き、牧野に顔を向けてきた。

「親父、おれを一人前の料理人にしてくれよ。頼りにしてるんだ」

「そう言ってもらえると、なんか張りが出てきたな」

「なんとかうまい家庭料理を作れるようになれば、きっと店の売上も少しずつ伸びるにちがいない」

「そうしたいな」

「一緒に頑張ろうよ。な、親父？」

「ああ、そうしよう」

「それから東和信用金庫の消えた百万円の件だが、おれは絶対にくすねてない。正直言って、金があればと思うことはよくあるよ。だからといって、人の道を外したりしないって」

　牧野は言った。父が黙ってうなずいた。

「理由はよくわからないが、堺支店長がおれを陥(おとし)れたかったのかもしれない」

「しかし、おまえが過去に相手と何かで揉めたことはないんだろう？」

「ああ、それはね。堺支店長は誰かに頼まれて、おれを犯罪者に仕立てようとしたんじゃないかな？　そうじゃないとしたら、支店長が個人的な理由で職場の金を着服する気になったんだろうね」

「そうなんだろうか」

「所轄の刑事がおれをマークしてるが、無実だから、親父も安心してくれよ」

牧野は言って、父の部屋を出た。階下の店に降り、仕込みを再開する。

あらかた準備ができたころ、母が調理場に戻ってきた。

「父さん、もう早まったことはしないと思うわ」

「おれも、そう感じたよ。さ、そろそろ忙しくなるぞ」

牧野は母の手を借りながら、次々に客の注文を捌（さば）きはじめた。

午後一時半を回ると、客足は途切れた。牧野は父の昼食を作り、母と賄（まかな）い飯を掻（か）き込んだ。汚れた食器を洗い終えたとき、出前をはじめることを思いついた。しかし、パートタイマーを雇う余裕はない。妹の京香に相談してみる気になった。

牧野は母に店番を頼み、外に出た。二人の刑事は同じ場所に張り込んでいた。物陰に身を隠そうとした曽我を呼び止める。

曽我は相棒の安東刑事と苦笑し合って、ゆっくりと近づいてきた。向かい合うと、牧野は曽我に話しかけた。

「寒いのにご苦労さん！　こっちに張りついてても、収穫は得られませんよ」

「シロだからと言いたいわけか？」

「ええ、そうです。内部の者の犯行とも考えられるでしょ？　そういう読（よ）み筋（すじ）もできるんじゃないのかな？」

「おたくは堺支店長が怪しいと思ってるようだね」

曽我が探りを入れてきた。牧野は危うく顎を引きそうになったが、返答をぼかした。

「内部の者の犯行っぽいな、手口から察してね。支店長を含めて全職員の私生活を洗ってみる必要があるんじゃないかな。ギャンブルに懲ってる男がいたり、ブランド物の服やバッグを買い漁ってる女性職員がいたら、要注意でしょう」

「メガバンクの行員たちよりはサラリーは安いと思うが、東和信用金庫の平均年俸は一般企業よりもいいんだ。少し浪費癖がある職員がいたとしても、職場の金をくすねるとは思えないね」

「そうかな」

「あんた、女性職員のひとりを弄んで棄てたんじゃないの？」

安東刑事が言った。牧野は安東を睨みつけた。

「冗談、冗談ですよ。金銭的に最もゆとりがないのは……」

「おれだって言いたいわけだ？」

「ええ、まあ」

安東は否定しなかった。

「確かに店は赤字経営だよ。だからって、むやみに他人を盗っ人扱いするな」

「そうは言わなかったでしょ？」

「おれには、そう聞こえた」

「それは僻(ひが)みですよ。それはそうと、元警察官が毎年、百人ほど何らかの悪さをして懲戒処分を受けてることはご存じでしょ？」

「それ以上、無礼なことを言ったら、ぶん殴るぞ」

「殴ってくださいよ。そうすりゃ、公務執行妨害罪で現行犯逮捕(ゲンタイ)できますからね」

「厭(いや)な奴だ」

牧野は悪態(あくたい)をついて、大股で歩きだした。

妹の嫁ぎ先の和菓子屋は数百メートル先にある。ほどなく着いた。京香は店番をしていた。

「ちょっと相談があるんだ。お客さんはいないから、ここでいいよな？」

「相談って？」

「出前をやれば、少しは売上がアップすると思ったんだ。しかし、近所のおばさんを雇う余裕なんかない。昼どきと夕方だけでいいんだけど、出前をやってもらえないかな？　時給八百円ぐらいなら、払えると思うんだ」

「手伝ってあげたいけど、いまは無理ね。ここの店番もあるし、まだ亮哉(りょうや)に手がかかるから」

京香が言った。甥(おい)は五月上旬に満三歳になる。同居している祖父母に甘やかされているせいか、わがままで気難しい。

「そうか」

「力になれなくて、ごめん！　店の経営がうまくいくまで、パートタイマーのお給料をうちで立て替えることはできるかもしれないわ。今夜、旦那に相談してみるわよ」

「それはやめてくれ。妹の亭主にまで迷惑かけたくないんだ」

「困ったわね」

「なんとか知恵を絞ってみるよ。妙なことを言い出して、悪かったな。将君には内緒にしといてくれ」

牧野は表に出た。来た道を引き返すと、二人の刑事の姿は掻き消えていた。いったん張り込みを中断する気になったのだろう。

『太平食堂』の前に恋人の阿久津瑞穂が立っていた。濃い灰色のテーラードスーツに白っぽいトレンチコートを重ねている。

「有給休暇を取ったのか？」

牧野は瑞穂に駆け寄った。きょうも美しい。

「ううん、そうじゃないの。仕事で品川まで来たんで、ちょっと立ち寄ったのよ」

「そうか。とりあえず、店の中に入ってくれ」

「ゆっくりしてられないの、残念だけど。道端で逆プロポーズするのは変だけど、わたしたち、結婚したほうがいいと思うの。永すぎる春はよくないいんじゃないかしら？」

「瑞穂をずっと待たせて、済まないと思ってるよ。しかし、まだ店の再建の目処がついてないから、きみを養っていく自信がないんだ」

「以前にも言ったけど、わたし、結婚しても仕事は辞める気はないの。自分の生活費ぐらいはちゃんと稼ぐわ」

「瑞穂の健気な気持ちは嬉しいよ。しかし、おれは時代遅れな男だから……」

「女房を喰わせるだけの経済力がなかったら、誰とも一緒にならない？」

「そうだな」

「わたし、どうすればいいの？」

瑞穂が泣き笑いの表情になった。

「もちろん、待っててもらいたいよ。しかし、まだプロポーズはできない」

「待たせるほうはいいだろうけど、待たされるほうは切ないのよ。そんなこともわからない？」

「わかってるよ」

「ううん、わかってないわ。わたし、お見合いパーティーに出てみようかな」

「………」

牧野は何も言えなかった。

「ぐずなんだから！」

「その通りだな」

「でも、惚れちゃったから、もう少し待ってみるわ。またね！」

瑞穂が手をひらひらと動かし、急ぎ足で歩きだした。背中が寂しそうだった。

牧野は恋人を見送りながら、自分の額を拳骨で叩いた。

実に情けなかった。しかし、どうすることもできない。

第三章　支店長の女装趣味

1

夜が明けた。

カーテン越しに朝陽が射し込んでくる。

麦倉邸の広い居間だ。誘拐犯グループから何も連絡がない。

部屋の空気は重かった。リビングソファに坐った朝比奈駿は、ハンカチで額の脂汗を拭った。

きのうの晩から一睡もしていなかった。頭の芯が重ったるい。

真向かいにいる院長夫妻の疲労の色も濃かった。逆探知係の佐橋直人警部補も目を窪ませている。

朝比奈は煙草をくわえた。

麦倉陽菜を拉致した犯人グループは、なぜ人質の親に身代金を要求してこないのか。

警察の動きをまだ探(さぐ)っているのだろうか。これから連絡してくるつもりなのか。あるいは、営利誘拐ではなかったのか。犯人側は何らかの恨(うら)みを麦倉一家に持っていて、ひとり娘を血祭りにあげる気でいるのだろうか。そうだとしたら、すでに人質の陽菜は残忍な方法で殺害されたのかもしれない。

捜査に何か手抜かりがあったのか。

朝比奈は紫煙をくゆらせながら、前夜のことを思い起こした。

いったん渋谷署に戻って、直属の上司である能塚学(のうづかまなぶ)課長の指示を仰(あお)いだ。能塚は四十三歳で、職階は警視だった。二十代のころから警備畑を歩いてきたせいで、事件捜査には疎(うと)かった。

そんなことで、朝比奈が主に作戦を練ることになった。

事件捜査には手順がある。まず鑑(かん)取(ど)りと地取りから開始する。鑑取りは敷鑑(しきかん)捜査の略称で、被害者の交友関係や身内などを洗うことだ。事件現場周辺で不審者の目撃情報を集めるのが地取り捜査である。

朝比奈は前夜のうちに部下たちを鑑取り班と地取り班に振り分け、すぐさま聞き込みに当たらせた。だが、これまでに有力な手がかりは得られなかった。

煙草の火を消したとき、コーヒーテーブルの上で固定電話が鳴った。

朝比奈は佐橋に目で合図し、イヤホンを右耳に突っ込んだ。

麦倉がタイミングを計って、受話器を取り上げた。朝比奈は耳に神経を集めた。

——娘の陽菜を預かってる。自宅の郵便ポストを覗け！

——目的は金なんだろっ。娘は無事なんだな？　声を聴かせてくれ。

——言われた通りにしろ。

電話が切られた。

相手は男だった。しかし、ボイス・チェンジャーで声は加工されていた。年齢は察しがつかない。

「ポストを覗いてみてくれ」

麦倉が受話器をフックに戻し、隣に坐った妻に声をかけた。

千鶴が立ち上がり、居間から出ていった。

「逆探知はできませんでした。おそらく、公衆電話を使ったんでしょう」

佐橋が朝比奈に報告した。

「また必ず連絡してくるだろう」

「でしょうね」

「今度は通話をできるだけ長く引き延ばしてください」

朝比奈は麦倉に頼んだ。

「わかってる。いまも逆探知できるようにするつもりだったんだが、一方的に切られてしまったんだ」

「そうだったみたいですね」

「犯人の連絡が遅かったな。どうしてなんだと思う？」

「おそらく誘拐犯グループは、このお宅の周辺を偵察してたんでしょう。それで、この付近に警察車が見当たらないことを確認してから、交渉を開始する気になったんでしょうね」

「そうなんだろうな。そこまで用心深いのは、犯歴のある奴らの犯行臭いね」

「ええ、まあ。しかし、前科歴のない一般市民も誘拐を扱った犯罪小説やテレビのサスペンスドラマで逆探知のことは知ってるはずですから、予断は禁物でしょうね」

「ま、そうだな」

麦倉が冷めたコーヒーを口に運んだ。そのとき、院長夫人が居間に戻ってきた。

書類袋を手にしている。A3サイズだった。セロハンテープで封印されている。宛名は記されていない。

「これがポストの中に入ってたの」

「そうか」

麦倉が妻の手から書類袋を引ったくり、手早く封を開いた。次の瞬間、顔を強張らせた。

「中身は何なんです？」

朝比奈は訊いた。

「写真だよ。おそらくデジタルカメラで撮った画像をプリンターで拡大したんだろう」

「拝見させてください」

「断る。陽菜は素っ裸にされてるんだ」

「何か手がかりを得られるかもしれないんですよ」

「仕方ないか」

麦倉が自分に言い聞かせ、カラー写真を引っ張り出した。写真は卓上に置かれた。

朝比奈は前屈みになった。全裸にされた陽菜は、ウインザー調のベッドの支柱に四肢を電気コードで括られていた。

「こんな恰好をさせられてるんだから、陽菜はきっと犯人たちに……」

「犯人どもが陽菜を辱めてたら、メスで喉を真一文字に掻っ切ってやる」

麦倉が妻の肩に片腕を回し、吼えるように言った。

朝比奈は写真を仔細に観察した。人質の白い肌には痣も引っ掻き傷もない。陽菜は怯えて戦いていているが、泣いてはいなかった。恥毛も刈り取られていない。

レイプ事件の場合、被害者は単に犯されるだけではなく、性的ないたずらをされることが多い。異物を性器に挿入されたり、恥毛を剃られたりする。

「お嬢さんは性的な暴行は受けていないと思います」

朝比奈は言って、院長夫妻に過去の事例を語った。人質の母親が安堵した表情になった。

「レイプする気がないのに、なんで娘を裸にしたんだね？」

麦倉は納得できない様子だった。

「多分、逃走を防ぐためだったんでしょう」

「そうなんだろうか」

「あなた、ポジティブに考えましょうよ。悪いほうに考えると、気が滅入ってしまうわ」

千鶴が言った。夫は無言でうなずいた。

それから二分ほど経ったとき、ふたたび電話が着信音を響かせた。

佐橋が緊張した面持ちで、逆探知の準備をする。朝比奈もイヤホンを嵌めた。

麦倉が深呼吸してから、受話器に腕を伸ばした。朝比奈は耳をそばだてた。

――夕方五時までに一億円用意しておけ。身代金の受け渡し場所は追って指示する。

犯人側の命令は、それだけだった。

佐橋が歯嚙みした。朝比奈も忌々しさを覚えた。

「二つの銀行に連絡して、六千万円と四千万円の現金をここに運んでもらうよ」

麦倉が朝比奈に言った。

「午前中に銀行に手配していただけます？」

「九時になったら、すぐ連絡しよう。遅くとも午後二時前後には、二つの銀行からキャッシュが届くだろう。わたしは大口預金者だから、それぐらいの無理はしてくれるさ」

「そうでしょうね。身代金の一部を紙切れにする手もありますが、どうされます？」

「そんな狡(ずる)い手を使ったら、わたしの娘は殺(や)られてしまうじゃないかっ。ばかなことを言うな！」

「わかりました。それでは、新札で一億円用意していただきましょう」

「ああ、そうするよ。犯人から連絡があるのは午後だろう。おたくらはいったん引き揚(あ)げて、午後に出直してくれればいい」

「そういうわけにはいきません。交代要員を呼んで、われわれ二人は一度署に引き揚げます」

朝比奈は居間を出て、廊下で伴刑事に電話をかけた。

「昨夜(ゆうべ)は聞き込みの成果がなかったようだが、きょうも引きつづき被害者の交友関係を調べてくれ。戸室とペアでな。その前に頼みがある」

「そちらに何か動きがあったんですね？」

伴が問いかけてきた。朝比奈は経過を手短に話した。

「犯人グループは、今夜中に一億の身代金を受け取る気なんでしょうね？」

「ああ、多分な。おれたちだけじゃ手に負えないから、本庁の『ＳＩＴ』に支援要請するつもりなんだ」

「『ＳＩＴ』が助けてくれるんだったら、心強いな」

「おれと佐橋はいったん署に戻って、課長と今後のことを話し合いたいんだ。戸室と一緒に伴は被害者宅に来てくれ」

「了解！」

「言うまでもないことだろうが、覆面パトは麦倉宅から二百メートル以上離れた路上に駐めるんだ。いいな？」

「わかってますよ」

伴が電話を切った。朝比奈は居間に戻り、ソファに腰かけた。

人質の父親は両腕を組んで瞼を閉じていた。やつれが目立つ。目の下には隈ができている。院長夫人も心労で、いまにも倒れそうな感じだ。

「交代で少し横になられたほうがいいですよ」

朝比奈は千鶴に声をかけた。

「でも、娘のことが心配で……」

「われわれに遠慮なさらないで、寝まれたほうがいいと思います」

「それでは、先に主人を横にさせてもらいます」

千鶴が夫を促し、ソファから立ち上がらせた。二人は居間から消えた。

「佐橋、もう少しの辛抱だ。伴たち二人がこっちに来たら、署の仮眠室で何時間か寝かせてやるよ」

「それはありがたいですね。でも、係長もくたびれてるでしょ？　先に仮眠をとってくださいよ」

「おれのことは気にするな。それはそうと、犯人側の動きが遅すぎると思わないか？」

「ええ、思います。犯人グループの者が麦倉宅の周辺を念入りにチェックしてるんでしょうね。ひょっとしたら、だいぶ離れた場所に駐めた公用車に気づかれたのかもしれませんよ」

「それはないだろう。そうだとしたら、人質の全裸写真をポストに投げ込んだりしないはずだ」

朝比奈は卓上の書類袋に目をやった。写真は千鶴の手によって、書類袋に収められていた。

「署に戻るとき、その写真を捜査資料として借りていきましょうよ」

「当然、そうするさ。写真から犯人たちの指掌紋は出ないだろうが、鑑識に回さないとな」

「ええ。話は違いますが、電話をかけてきた男はそれほど若くないと思います」

「そう思った理由は？」

「声に伸びがなかったでしょう？」

「そう言われれば、確かにな。それから、ほんの少し高音部が掠(かす)れてた気がするね」

「自分も、そう感じました。多分、三十五歳以上なんでしょう。言葉に訛(なまり)はまったくなかったから、東京育ちなんだろうな」

「物言(ものい)いから、推察できることは？」

「凄(すご)んでましたが、裏社会の人間のような迫力はありませんでしたよね？」

「そうだな。しかし、どこか横柄(おうへい)な喋(しゃべ)り方をしてた。中間管理職よりも少し上のクラスに属してる男なんじゃないのかな」

「ええ、そんな感じでしたね。犯罪歴はないのかもしれませんが、犯罪には以前から関心を持ってたんじゃないですかね。院長に命じてるときの声はなんか愉(たの)しんでるような感じでした」

　佐橋が言った。

「おれは、そこまで感じ取れなかったよ。佐橋が言った通りなら、愉快犯の犯行(ヤマ)とも考えられなくはないな」

「富と名声を得た院長にある種の妬みを覚えてて、いい気になるなと警告を与えたくて、ひとり娘を拉致したんですかね」

「そう考えれば、身代金を要求してくるのが遅かった理由の説明がつくじゃないか」

「だとしたら、犯人側は本気で一億の身代金を奪う気はないんでしょうね？」

「そうなのかもしれない」

「大きな声では言えませんが、被害者の父親は厭味な人物だから、敵は多いんじゃないですか？」

「ああ、多分な。怨恨の線も捨てきれないか。よくは知らないが、患者のクレームが最も多いのは美容整形外科だという話だ。一般外科にも手術ミスはあるんだから、美容クリニックにも失敗はあるだろう。整形箇所が顔や胸だから、手術ミスをされたら、悩みは大きいにちがいない」

「ええ。人質の父親の手術ミスで前よりもひどい顔にされた女が逆恨みして、院長のひとり娘を知り合いの三人組に引っさらわせた可能性はゼロじゃないですよね。それで、犯人側は詫び料を取るつもりで一億円の身代金を要求してきた。そういうストーリーも成り立ちそうですね」

「そうだな。あらゆることを想定しておかないと、失敗を踏むことになるかもしれない。佐橋、これまでの経験則に囚われないようにしよう」

「はい。もうひとつ考えられるのは、営利目的に徹した誘拐ですね。犯人グループは人質の女子大生を段階的に嬲りつづけ、何回も身代金をせしめようと企んでる。最初の一億円を手に入れたら、次は人質を犯して、その後は片方の耳を削ぎ落とすつもりなんじゃないのかな。そうして医院の全財産を吐き出させ、結局、人質を殺してしまう。こういう時代ですから、そういうゲームめいた凶悪犯罪も起こりうるでしょ？」

「全面否定はできないが、そんなことにはなってほしくないな。話を前に戻すが、麦倉院長が誰かに恨まれてることが今回の事件を誘発したとすれば、手術ミスと無縁ではないだろう」

朝比奈は自分の推測を喋り、脚を組んだ。

院長夫人が居間に戻ってきたのは、それから数分後だった。洋盆には二人分のサンドイッチとコーヒーが載っていた。

「麦倉はお言葉に甘えて、仮眠をとらせていただきました。簡単な朝食しか用意できませんでしたが、どうぞ召し上がってください」

「どうかお気遣いなく」

朝比奈は恐縮した。千鶴はサンドイッチとコーヒーを置くと、また居間から出ていった。

「せっかくだから、ご馳走になりましょうよ」

佐橋が先にハムサンドを頰張りはじめた。

朝比奈は部下に釣られ、ミックスサンドイッチを口に運んだ。ツナサンドには、サラダ菜のほかにパプリカの細切りが挟まれていた。フルーツサンドの具は、ストロベリー、黄桃、オレンジ、マンゴーなどだった。ハムの等級も高かった。

「富裕層は衣食住のすべてに金をかけてるんですね。こんな豪華なミックスサンドを喰ったのは初めてだな。吊るしの背広を着て、牛丼や立ち喰いそばを搔っ込んでる自分がなんだか惨めになっちゃいますよ」

「そうぼやくなって。欺瞞だらけの世の中なんだから、地道に真っ当な生き方をすることが大事なんだ。いんちきをして、リッチな生活をしてたら、いまに罰が当たるって」

「なんか負け惜しみっぽいな」

「そうなんだが、金がすべてという風潮はなんとかしないとな。政治家やエリート官僚たちは自分たちが得することばかり考えてるし、公務員の多くも血税を無駄遣いしてる。エゴ剝き出しの競争社会になったんで、若い奴らが夢を持てなくなった。ここらで、国民のひとりひとりがまっすぐに生きる努力をしないと、この国は救えないよ」

「警部、人生訓は大っ嫌いだったはずでしょ？　どうしちゃったんです？」

「悪い！　捜査が進展してないんで、つい社会に八つ当たりしてしまったんだ」

「気持ちはわかりますよ」

「教訓めいたことを言ってしまったが、半分は自分に対する戒(いまし)めなんだよ。物質的な豊かさに馴(な)れてしまうと、どうしても精神的な充足感を忘れがちになるからな」

「その通りですね」

二人は雑談を中断させ、黙々とサンドイッチを平らげた。コーヒーもうまかった。

伴と戸室が被害者宅に到着したのは、午前九時半過ぎだった。朝比奈は院長夫人から被害者の全裸写真を借り、佐橋と一緒に麦倉邸を辞去した。陽光が刃(やいば)のように鋭い。

朝比奈たちは顔をしかめながら、邸宅街を四百メートル近く歩いた。

覆面パトカーに乗り込む。運転席に坐ったのは佐橋だった。

十分そこそこで、渋谷署に着いた。朝比奈は先に鑑識係員に陽菜の全裸写真を渡してから、刑事課に入った。

能塚課長は自席に向かっていた。朝比奈は課長の席に歩み寄り、まず経過報告をした。

「犯人グループは、今夜中に一億円の身代金を受け取る気なんだろうな」

「そうなんだと思います」

「一係のメンバーだけじゃ、人質の確保と犯人グループの逮捕は無理だな。二係と三係から三人ずつピックアップして、支援要員にしよう」

「そうしていただけると、助かります」

「それから、本庁の捜一のベテラン捜査員を二、三人回してもらおうか」

「桜田門の刑事は必要ありません。大勢で動くと、犯人グループに気づかれる心配がありますんでね」

「そうだな。それでは、『SIT（シット）』のメンバーを二、三人、身代金の受け渡し場所の近くに配しておくか」

能塚課長が言った。

「ええ、そのほうがいいと思います。支援要請をお願いします」

「わかった。佐橋もそうだが、きみも顔色がくすんでるな。少し仮眠をとらないと、ポカするよ。三、四時間、眠りなさい」

「そうさせてもらいます」

朝比奈は刑事部屋を出ると、仮眠室に足を向けた。

2

被疑者は身じろぎもしない。

両眼を閉じ、口を引き結んでいる。向かい合った本多貴之は長く息を吐いた。

池袋署生活安全課の取調室である。

被疑者の小日向昭雄は五十一歳で、保守系政党の都議会議員だった。

小日向は一年数カ月前から出会い系サイトで知り合った十代の少女十七人を使って、豊島区内で売春クラブを経営していた容疑で正午前に検挙されたのである。それから、およそ一時間半が経過していた。

「いつまでそうしてるつもりなんだっ」

記録係の上梅孝直巡査部長が椅子ごと振り向いた。小日向は黙したままだった。

「だんまり戦術でいくら粘っても、容疑が消えるわけじゃないいんだ。いい加減に罪を認めたら、どうなんだ！」

「…………」

「ダミーのオーナーを務めてた貝原茂が吐いてるんだよ、あんたが売春クラブの真の経営者だってな。それから女の子たちを待機させてた池袋二丁目の賃貸マンションの借り主は、あんたがやってる金型工場だってこともわかってる。もう観念しろよ」

「…………」

「しぶとい野郎だっ」

上梅刑事が憤り、顔をノートパソコンに戻した。ディスプレイには、ほとんど文字は打ち込まれていない。

本多は取り調べ中にもかかわらず、どこか上の空だった。きのうから都内の実家に帰っている妻のスマートフォンはずっと電源が切られている。めざめてから、二十回は発信した。しかし、一度も電話は繋がらなかった。

メールも五回送信した。だが、圭子から返信メールは届かなかった。

本多は、妻とじっくりと話し合いたかった。圭子の実家の固定電話も幾度かコールした。

妻の母親がきまって電話口に出た。そのつど、義母は圭子が外出中だと硬い声で告げた。居所は教えてくれなかった。

義母は娘の話を聞き、夫婦が不仲になった原因は夫の浮気だと思っているようだ。それは、その通りかもしれない。だが、妻の側にまったく非はなかったのだろうか。夫の出世を強く望んでいる圭子の何気ない言葉に数え切れないほど傷つけられた。いつからか、家庭は安らぎの場ではなくなっていた。

本多は何かで気分転換をしたかった。それだから、元風俗嬢の真沙美にのめり込んでしまったのだろう。先に妻を裏切ったことは事実だ。だが、妻にも夫を追い込んだ責任はあるのではないか。

そういう思いが本多の内面に横たわっていた。圭子の腹立たしさは理解できる。しかし、妻が腹いせに年下のホストに身を任せてしまったことはあまりにも軽率な行動だったのではないか。

身勝手な考えだが、そのことには拘（こだわ）ってしまう。正直に言えば、圭子に生理的な嫌悪感を覚えている。

それでいて、離婚だけは避（さ）けたいとも考えていた。圭子が言ったように、自分は世間体を気にしているのだろうか。それだけではないような気がする。

「本多さん、小日向をいったん留置場（トリカゴ）に戻します？」

上梅の声が耳に届いた。本多は我に返った。

「このままお見合いをしてても、仕方ないでしょ？」

「いや、もう少し続行しよう」

「わかりました」

上梅刑事が口を結んだ。

「小日向、目を開けてくれないか」

本多は被疑者に穏（おだ）やかに声をかけた。

だが、小日向は黙殺した。本多は拳（こぶし）を固め、スチールデスクを力まかせに叩（たた）いた。

アルミの灰皿がわずかに浮いた。

小日向が反射的に瞼を開けた。

「そういうやり方は問題だな。被疑者はあくまでも容疑者であって、起訴された被告とは違うんだ。基本的な人権を尊重してほしいね」

「あんたが眠そうだったんで、ちょっと目を覚ましてやったんだよ」

「苦しい言い訳だね。わたしの親しい弁護士を呼んでくれなければ、何も喋らない。貝原の奴は、わたしの長女に気があるんだ。しかし、わたしは娘との交際を強く反対した。あの男は二年前まで、わたしが父から引き継いだ金型工場で働いてたんだが、勤務ぶりがよくなかった。それで彼を解雇したわけだが、そのことでわたしを逆恨みしてたんだろう」

「貝原の言い分とは、だいぶ違うな。奴はあんたに頼まれて、売春クラブのダミー経営者になったと供述してる。汚れ役を引き受ければ、長女との結婚を許してやるという人参をぶら下げられたとも言ってたな」

「それは、貝原の苦し紛れの言い訳だよ」

「そうかな。補導した十七人の少女はあんたに直に誘われて、売春クラブに入ったと口を揃えてる。それだけじゃない。彼女たちは月々の稼ぎの四十パーセントをあんた自身に手渡したと証言してるんだよ」

「貝原は池袋のやくざともつき合ってるみたいだから、その子たちは脅されて偽証したにちがいない」

「強かだな。同僚がな、あんたの経営してる工場の経営状態を調べ上げてるんだよ。

二年以上も前から赤字つづきで、なんとかしないと工場は銀行に競売をかけられると
こまで追い込まれてた。給料の遅配も一度や二度ではなかった」
「確かに会社はうまくいってなかったよ。しかし、わたしには議員報酬が入ってくる
し、運転資金を借り入れる当てもあったんだ。売春クラブでわざわざ手を汚さなけれ
ばならない理由はない」
「あんたには二人の娘がいるね。長女は大学三年で、次女は高校二年だったな。自分
の娘がスケベなおっさんたちに抱かれてるシーンを想像してみなよ」
「わたしの娘たちは小遣いには不自由していない。たとえ金に困ったとしても、援助
交際めいたことなんかするわけないさ」
「あんたの娘たちは、少女売春婦たちの上前をはねた金で服やアクセサリーを買った
のかもしれないよな。そのことを二人の娘が知ったら、父親を軽蔑(けいべつ)して、親子の縁を
切ってくれと言い出すだろう」
「えっ⁉」
「否認しつづける気なら、娘さんたちに父親の裏ビジネスの内容を話すことになるぞ」
　本多は駆け引きに入った。
「本気なのか？」
「ああ。あんたが潔白だと言うんだったら、堂々と否認しつづければいいさ。しかし、

貝原と十七人の少女の証言は一致してるから、娘さんたちが父親の言葉をすんなりと信じるとは思えない」

「娘たちには何も言わないでくれーっ」

小日向が哀願した。顔面蒼白だった。

「やっと落ちましたね」

上梅が嬉しそうに言って、キーボードに両手を翳した。本多は小日向を見据えた。

「貝原をダミー経営者に仕立てて、十七人の少女に売春させてたな？」

「は、はい」

「補導した中・高校生、専門学校生、フリーターは平均で月八十万前後稼いでた。クラブの総売上は、ざっと一千三百六十万円だ。あんたは四割も上前をはねてたから、毎月約五百五十万の裏収入があったわけだ？」

「貝原に月々五十万の名義料を渡してたから、わたしの取り分は月平均五百万ぐらいだよ」

「それでも年間六千万円も税金のかからない裏金が懐に転がり込んでたんだ。とんでもない政治家だな」

「議員報酬だけでは、とても会社の赤字を埋められなかったんだよ。それで貝原をダミーのオーナーにして、売春クラブを……」

「十代の女の子たちを喰い物にするなんて、最低の人間だな」

「彼女たちは誰も割り切って、体を売ってたんだ。わたしはただの一度も女の子たちに売春を強いたことはない。非合法ビジネスだが、わたしは十七人と一緒に金儲けをしてただけなんだよ。だから、なんとか地検送りはしないでくれないか」

小日向が言った。

「ちっとも反省してないんだな。あんたは議員の資格を失い、家族や会社の従業員に蔑まれることになるだろう」

「べ、弁護士を呼んでくれ」

「後で呼んでやる」

本多は冷ややかに言った。ほどなく上梅刑事が供述調書を取り終え、小日向を留置場に導いた。

本多は取調室を出て、自席に向かった。

前方から同僚の北條修司が歩いてくる。本多とは犬猿の仲だった。一つ年下の北條は同じ警部補ということもあって、もろに対抗心を露にする。捜査会議の席では、必ず本多の意見に反対した。

廊下で擦れ違っても挨拶すらしない。刑事部屋で二人だけになると、すぐに姿を消してしまう。

「違法カジノの内偵は進んでるのか？」

本多は北條に問いかけた。

「関係ないでしょ？」

「なんだって⁉」

「班が違うんだ。おたくは、おれの上司でもない」

「その通りだが、同じ生安課にいるんだ。仲よくやろうや」

「おたくが嫌いなんだよ」

北條はあけすけに言って、本多の横を通り抜けていった。故意に肩をぶつけたことは明らかだったが、相手にしなかった。

本多は自分の席についた。

すると、課長代理の佐久間公彦が近づいてきた。四十九歳の佐久間は有資格者の警視正だ。警察官僚でありながら、不自然なほど出世が遅い。

生活安全課長のほうが階級は下だった。そういう人事は前例がない。

先輩のキャリアたちの逆鱗に触れるようなことをしてしまったのか。あるいは、親族に前科者が出たのだろうか。罪人が思想犯だった場合は、完全に出世コースから外されてしまう。

本多は、キャリアの佐久間が所轄署の課長職にも就けないことを前々から不思議に思っていた。しかし、そのことを職場で話題にすることははばかられた。むろん、本人に探りを入れることもためらわれた。

「小日向は落ちたのかな？」

佐久間が問いかけてきた。紺系の背広を着て、黒々とした髪を七三分けにしている。ワイシャツは白だ。ネクタイも地味だった。

「少し前に完落ちしました」

「きみが落としたんだね？」

「ええ、まあ」

「凄腕だね。課長は、きみのことを高く評価してるよ」

「そうですかね。めったに誉められたことはないけどな」

本多は言いながら、百瀬健一課長に目を向けた。

課長の百瀬は書類に目を通していた。警視で、佐久間よりも三つ年上だった。百瀬は自分よりも職階の高い佐久間には、いつも敬語を使っている。

「百瀬課長はノンキャリアだから、わたしの存在が煙たいようだが、こちらのほうがポストは下なんだよね。扱き使ってほしいんだが……」

「キャリアさんは一目置かれてますんでね」

「そういう考えを改めないといけないな。キャリアもノンキャリアもない。双方が力を合わせて、市民の生活を護るべきだよ」

「そうなんですが、やはり警察は階級社会ですからね。警察官僚の存在は軽視できません」

「わたしなんか、落ちこぼれだよ。もっとぞんざいに扱われたほうが気が楽なんだがね」

佐久間警視正が口許を歪め、自分の席に戻っていった。

本多は一服してから、小日向の送致手続きをした。書類を百瀬課長に手渡した直後、懐で私物のスマートフォンが鳴った。

発信者は真沙美だった。本多は廊下に出てから、スマートフォンを耳に当てた。

「仕事中にごめんね」

「いや、かまわないさ。どうした?」

「わたし、いろいろ考えたの。例の開業資金のことなんだけど、貴之さんに甘えるのはよくないと思うんだ。自分の夢を実現させたいわけだから、わたし自身が工面すべきだと考え直したのよ」

「コンビニのバイトを辞めて、また風俗の仕事をする気なんだな」

「そう。わたし、ほかに能がないもん」

「真沙美、焦るな。アメリカン・カジュアルの古着屋の開業資金は必ず都合つけてやるから」

「まさか危(ヤバ)いことをする気になったんじゃないわよね？　そんなのは駄目よ。絶対にやめて！」

「安心しろ。間接的な知り合いが金策の相談に乗ってくれることになってるんだ」

本多は言った。苦し紛(まぎ)れの嘘(うそ)だった。

「ほんとなの？」

「ああ。ほぼ一千万円を借りられそうなんだよ。しかも銀行並の金利で、返済も五年間は据え置きにしてもらえそうなんだ」

「ということは、六年目から返済を開始すればいいわけね？」

「そういうことになるな」

「オープンした店もそのころには軌道に乗ってるだろうから、多分、返していけそうだわ。でも、商売がうまくいかなかったら……」

「おれの名義で開業資金を借りるつもりだから、真沙美は何も心配することはない。運悪く古着屋を畳(たた)むようなことになっても、このおれが責任を持って返済するよ」

「ありがとう。そこまで言ってくれる男性(ひと)なんか貴之さん以外にいない。わたし、誰よりも大切にされてるのね。本気で貴之さんの子供を産(う)みたくなってきたわ」

真沙美が真面目な口調で言った。

「ああ、何人でも産んでくれ。女房とは、そう遠くない日に離婚することになるだろうからな」

「わたしのために、そこまで考えてくれてたの？　わたし、泣いちゃいそう！　もちろん、嬉し泣きよ」

「数日中に朗報を届けられると思う。それじゃ、またな」

本多は通話を切り上げた。そのすぐ後、着信ランプが瞬いた。

電話をかけてきたのは、岳父の田畑賢吾だった。本多は緊張しつつ、スマートフォンを耳に当てた。

「わたしは、きみのことを見損なってたようだな。誠実な男だと思ってたがね」

「どういうことなんでしょう？」

「昨夜、圭子がきみの浮気の証拠を握ってると言って、調査会社に夫の素行調査を頼んだことを明かしたんだよ」

「えっ」

「きみは、元風俗嬢の堤真沙美という娘と不倫してたんだな。調査会社の調査員は、きみが浮気相手の自宅マンションに入る姿も動画撮影してるそうだ。弁解の余地はないな。そうだろう？」

「真沙美の部屋を訪れたのは、相談に乗ってただけなんですよ。別に不倫の間柄じゃないんです」

「見苦しいぞ」

　田畑が声を尖らせた。本多は気圧され、口を閉ざした。

「圭子は夫の裏切りに打ちのめされて、六本木のホストクラブで憂さ晴らしをするようになったらしい。きみに無断で銀行から九十万ほど引き出して、その金を遊興費に充てたということも聞いた。それから、翔とかいうホストとも一線を越えてしまったこともな」

「そうですか」

「わたしの娘の行動に問題があったことは素直に認めよう。しかし、先に背信行為に走ったのは貴之君のほうだぞ」

「…………」

「黙ってないで、なんとか言いたまえっ」

「ええ、そうですね」

「夫婦は完全に背中を向け合ってる。いくら取り繕おうとしても、もう綻びはいかんともしがたいんじゃないのか？」

「圭子は、どうしても離婚したいと言ってるんですね？」

「ああ、そうだ。警察官にとって、離婚は大きな失点になる。しかし、自業自得だな。

違うか？」

　田畑が凄むような口調で言った。

「ええ、身から出た錆ですね」

「圭子が勝手に遣ってしまった九十万は、わたしが肩代わりして返す。娘に慰謝料を払えとも言わん。だから、圭子ときれいに別れてやってくれ」

「少し考えさせてください」

「いいだろう。しかし、きみが土下座しても、娘の決意はぐらつかないだろうな」

「ひとまず失礼します」

　本多は電話を切り、壁に背中を凭せかけた。何かに上体を預けていないと、膝から崩れそうだった。

　まったく予想できなかったわけではない。それでも、心は千々に乱れた。これまでの結婚生活は砂上の楼閣だったのか。いったい夫婦に何が足りなかったのだろうか。労り合いと忍耐だったのかもしれない。そう思い当たったが、もはや溝を埋める手立てはなさそうだ。

　本多の内部で急速に妻の存在が遠のき、真沙美がかけがえのない人間に思えてきた。彼女の夢をどうしても叶えてやりたい気持ちが強まった。

　本多は刑事部屋に戻り、自分の席についた。

　スチールデスクの最下段の引き出しを開け、手製のピッキング道具、布手袋、五寸釘、瞬間接着剤、ポリエチレン袋をさりげなく上着とスラックスのポケットに突っ込む。かねて計画していた悪事を実行に移す気になったのだ。

　本多はトイレに立つ振りをして、ごく自然に刑事部屋を出た。すぐエレベーターに乗り込む。函には誰も乗っていなかった。

　本多は地下一階に降りた。

　人の姿は見当たらない。奥にある押収品保管室に急ぐ。途中で、迷いが生まれた。それを捩伏せて、足を速める。

　本多は両手に布手袋を嵌め、上着の内ポケットからピッキング道具を取り出した。中国人窃盗団から押収した解錠道具を参考にして、自分で密かに造った物だ。

　耳掻き棒に似た金具を鍵穴に差し込むと、指先が震えはじめた。金属同士が触れ合って、固い音を刻んだ。

　本多は小心な自分を嘲けり、深呼吸をした。

　指の震えが熄んだ。本多は解錠道具を操って、ドア・ロックを解いた。押収品保管室に忍び込み、手早く内錠を掛ける。

　純度の高い覚醒剤の保管場所はわかっていた。本多は左手の奥のスチール棚に近づいた。棚の上には、白い麻薬の袋が無造作に積み上げられている。ビニール袋は五キロ、十キロ、二十キロと分類されていた。
極上の覚醒剤なら、一キロ数百万円で暴力団に横流しできるだろう。五キロ入りの袋を盗めば、真沙美の開業資金は工面できそうだ。

しかし、袋ごとそっくり持ち去ると、発覚しやすい。本多は二十キロの袋に五寸釘を突き刺し、零れはじめたアンフェタミンの粉を予め用意しておいた半透明のポリエチレン袋に入れた。

目分量で六、七キロ収め、破いた穴を瞬間接着剤で塞ぐ。本多は中身の一部を抜き取った二十キロの袋を目につきにくい場所に置き直し、出入口に引き返した。

ドアに耳を押し当ててみたが、靴音はどこからも聞こえてこない。本多は素早く押収品保管室から出て、ドアをロックした。

心臓の鼓動が聞こえそうだ。喉も渇いていた。

本多は生活安全課の刑事部屋に戻り、何喰わぬ顔で自分の席に坐った。足許のショルダーバッグの中に無断で持ち出した覚醒剤の袋を突っ込み、解錠道具、五寸釘、瞬間接着剤、手袋を引き出しの奥に仕舞い込む。

極上の覚醒剤なら、首都圏の暴力団も喜んで買い取ってくれるだろう。しかし、東京周辺で横流しをしたら、墓穴を掘ることになる。

名古屋も安心はできない。東京で破門された筋者が中京会に何人か拾われているからだ。大阪まで足を延ばせば、首尾よく換金できるだろう。

本多は午後四時に課長に内偵に出かけると偽って、刑事部屋を出た。

池袋署は西池袋一丁目にある。池袋駅の反対側の東口まで歩き、本多は南池袋公園の近くでタクシーを拾った。

東京駅に着いたのは、およそ三十分後だった。

本多は十八番ホームで、『のぞみ135号』に乗り込んだ。下りの新幹線は定刻の午後五時二十六分に発車した。

新大阪駅に着いたのは午後八時二分だった。本多は駅ビルのレストランで腹ごしらえをしてから、タクシーで道頓堀に向かった。

戎橋の手前でタクシーを降りる。宗右衛門町の歓楽街を歩き回り、関東やくざを装って、見かけた地元の極道たちに声をかけてみた。

純度の高い覚醒剤を五キロ以上持っていると耳打ちしても、誰も話に乗ってこない。それどころか、相手に不審がられ、尾けられたりした。

本多は道頓堀川を渡り、法善寺周辺を回ってみた。極道と思われる男たちに片端から打診してみるが、買い手はいっこうに見つからない。

いっそ神戸まで行って、最大広域暴力団の下部団体に覚醒剤を買ってもらうか。

本多は御堂筋に向かって歩きだした。それから間もなく、男の声に呼び止められた。

振り向くと、二人の男が立っていた。どちらも三十歳そこそこだった。

片方は丸刈りで、もうひとりはオールバックだ。二人とも黒っぽいスーツを着込んでいる。どう見ても、堅気ではない。

「わし、浪友会(ろうゆうかい)藤本(ふじもと)組の者(もん)や。覚醒剤(シャブ)持ってるんやて？」

丸刈りの男が問いかけてきた。

「極上の品物(ブツ)を六キロ前後持ってる」

「生(なま)エフやな？」

「エフエドリンじゃなく、アンフェタミンだ」

「吹かしこくなや。生のアンフェタミンやて⁉」

「そうだ」

「どこぞの組を破門されたんか？」

「ま、そんなとこだ。キロ二百万で引き取ってくれたら、持ってる分をそっくり売(バイ)してもいい」

「ずいぶん気前がええやん。生(なま)アンやったら、卸値でキロ三百万はするで」

「換金を急いでるんだ」

本多は言った。

「そうみたいやな。そやけど、出所がはっきりせん麻薬(ヤク)をうっかり買(こう)たら、後(あと)で面倒なことになるさかい、欲を出さんほうがええんやろな」

「おれは、関東仁友会の理事をやってたんだよ。ちょっと事情があって、足を洗うことになったんだ。ショルダーバッグに入ってるアンフェタミンは会長から餞別代わりに貰った物さ。だから、後日、面倒なことにはならない」

「そやったら、うちの組長に紹介してやってもええわ。組の事務所は、この近くなんや」

　丸刈りの男がにこやかに言って、ベルトのあたりを探った。仲間も上着の裾を払った。腰には匕首が差し込んである。

「ショルダーバッグを渡すんや」

　丸刈りの男がコルト・ガバメントの銃口を向けてきた。まだ撃鉄は起こされていない。

　本多はショルダーバッグを肩から外すなり、水平に薙いだ。

　バッグの角が二人の側頭部に当たった。男たちが呻く。

　本多は丸腰だった。ショルダーバッグを小脇に抱え、身を翻す。

　二人の男が怒声を上げながら、追ってきた。本多は路地に逃げ込み、さらに裏通りを駆けた。六、七百メートル逃げると、追っ手の姿は視界から消えていた。

　本多は呼吸を整えながら、夜空を見上げた。

月も星も浮かんでいない。盗んだ押収品を金に換えることはできるのだろうか。

本多は途方に暮れた。

3

久しぶりの張り込みだった。

警察官に戻ったような気分だ。牧野誠広は、小料理屋の出入口を注視していた。午後九時過ぎだった。

小料理屋は戸越銀座駅前通りの中ほどにある。店内には、東和信用金庫戸越支店の堺支店長がいる。二人の部下と飲んでいた。

堺たち三人は大口預金をしていると思われる老夫婦を接待した後、酒を酌み交わしている。三十分ほど前に店を出ていった老夫婦は、地元で知られた地主だった。総資産は数十億円と噂されている。

牧野は今夜は八時に店を閉めた。夕方、堺の自宅に知人を装って電話をかけ、支店長夫人から夫の今夜の予定を探り出した。それで、堺が小料理屋で資産家夫妻をもてなすことを知ったのである。

張り込んだのは八時十分ごろだった。

牧野は焦茶のニット帽を被り、黒縁の眼鏡をかけていた。セーターの上に、フード付きの防寒コートを重ねている。手には黒革の手袋を嵌めていた。それほど寒くはない。

牧野は暗がりに身を隠し、そこからあまり動かなかった。地元である。顔見知りに声をかけられたくなかったのだ。

思い起こしてみれば、堺の言動は初めからおかしかった。強盗事件の模擬訓練を支店長の独断で行なうこと自体が妙だ。

本店の指示ではないわけだから、強盗役を引き受けた牧野に対する謝礼は堺のポケットマネーだったにちがいない。仮に堺が人一倍、出世欲が強かったとしても、そこまで愛社精神は発揮しないだろう。

本店に模擬訓練のことを知られたら、むしろ立場が悪くなる。出世にも響くのではないか。

堺は何か理由があって、どうしても強盗役の自分を犯罪者に仕立て上げたかったにちがいない。それで彼は、強盗事件の模擬訓練を思いついた。そして素早くビニールの手提げ袋の中から百万円の束を抜き取り、強盗役が着服したと見せかけたのだろう。

消えた金は百万円だ。自分にとっては大金だが、堺支店長にはそれほどの金額ではないのだろう。支店長自身、そう言っていた。

どうやら金欲しさの狂言ではなさそうだ。堺と自分には利害関係はない。支店長は謎の人物に何か弱みを握られ、自分を陥れることを強要されたのではないか。

牧野は、そう推測した。

堺を背後で動かした人物は誰なのか。警察官時代、数多くの犯罪者を捕まえた。不起訴処分になった者は二割もいない。東京地検に送致した被疑者の八割は実刑判決を受けている。

服役を終えた前科者が仕返しする気になったのか。被疑者を威して、自白を強要した覚えは一度もない。誤認逮捕をしたこともなかった。

以前の仕事絡みで、他人から恨まれているとは思えない。同僚だった連中とも口喧嘩すらしなかった。

異性関係はどうか。瑞穂と恋仲になる前に、二人の女性と交際したことがある。だが、どちらとも一年そこそこで別れてしまった。価値観が異なり、互いの心が寄り添わなかった。

その二人とは、いわゆる男女の関係だった。しかし、どちらとも合意の上で肌を重ねた。そのことで、逆恨みされているとは考えにくい。

店の納入業者はどうだろうか。

先月は、どの業者にも請求額の半分しか支払えなかった。だが、朝比奈が用立ててくれた百五十万円で残りの分は精算できたはずだ。

父親の代と較べると、食材の仕入れ量はかなり少なくなっている。それは事実だが、それで取引先の八百屋、魚屋、乾物屋の経営が大きく傾くわけはない。

牧野は、堺の背後にいる謎の人物には思い当たらなかった。

二つの人影が近づいてきたのは午後十時ごろだった。

牧野は声をあげそうになった。なんと荏原署の曽我と安東だった。

「こんな所で何をしてるのかな？」

曽我が先に口を開いた。

「幼馴染みを待ってるんですよ。そいつと軽く一杯飲ろうってことになったんでね」

「その方のお名前は？」

「まだ疑ってるのかっ」

「幼馴染みのお名前を教えてくださいよ」

「そこまで答える必要はないはずだ」

「ま、いいでしょう。あんたは、そこの小料理屋にいる堺支店長を待ち伏せして、ちょいと威すつもりだったんじゃないの？」

「何を言ってるんだっ」

牧野は声を張った。と、安東刑事が牧野の眼鏡を指さした。

「それ、変装用の眼鏡でしょ？　おたくは堺支店長を待ち伏せして、百万円をネコババしたのは自分だと警察に言えとでも脅迫する気だったんじゃないの？」

「臆測(おくそく)や推測で物を言うな」

「すぐ怒ったりすると、余計に怪しまれることになると思うがな」

「今夜は酒を飲む気になれなくなった。帰るよ、家にね」

「素直に自白(ウタ)ったほうがいいんじゃないかな。おたくは元同業なんだから、悪いようにはしないのに」

「おれを泥棒扱いするな！」

牧野は言い放って、大股(おおまた)で歩きだした。

後ろで曽我刑事が何か言った。だが、振り返らなかった。

牧野は人通りの絶(た)えた商店街を突き進んだ。黒縁眼鏡を外し、『太平食堂』に飛び込む。中ほどのテーブルで、母と妹夫婦が何か話し込んでいた。牧野は義弟に笑いかけた。

「出前の件、京香から聞きました。いいアイディアだと思いますよ」

義弟の将(まさる)が言った。

「しかし、パートタイマーをちゃんと雇うことができないからね」

「将さん、出前の手伝いをしてやれって言ってくれたのよ。兄さん、わたしが出前をやるわ」

「しかし、まだ亮哉に手がかかるし、店番もしないといけないと言ってたじゃないか」

「お義母さんとお義父さんが交代で孫の面倒を見てくれて、店番をやってくれると言ってくれたの」

「しかし、それじゃ、申し訳ない。おんぶに抱っこだからな」

牧野は言って、母の横に腰かけた。

「和菓子の製造は、ぼくひとりでこなせますから、大丈夫ですよ。別に行列のできる店ってわけじゃないんですから、おふくろと親父の二人でお客さんの応対はできますよ」

「将君がそう言ってくれるのはありがたいんだが、妹はもう嫁いでるわけだからね。実家の手伝いに駆り出すのは、なんか気が引けるな」

「気にしないでください。その代わり、店で余った惣菜はしっかり京香が貰って帰りますから。もちろん、パート代なんか貰えません。親類なんだから、困ったときは扶け合わないとね」

「しかしな……」

義弟が言った。

「将さんがせっかく言ってくれてるんだから、厚意に甘えてもいいんじゃない？」

母の敏江が牧野の脇腹をつついた。

「いいのかな?」

「父さんの代からの常連さんたちも年齢取ったから、出前は流行るかもしれないわ。うちの軽自動車で京香に配達してもらおうよ」

「それじゃ、半年かそこら、妹に手伝ってもらうかな。いいかい?」

「もちろんですよ」

義弟が快諾した。

「準備があるから、四、五日後に出前をはじめよう。明日にでも、チラシを作らないとな」

「チラシはわたしがパソコンを使って、こしらえてあげる。とりあえず、二百部ぐらいチラシを作って、ポスティングするわよ」

京香が言った。

「それじゃ、出前のメニューを作成しないとな」

「なるべく早く作成してね」

「わかった」

牧野はさりげなく立ち上がり、ガラス戸越しに表を見た。二人の刑事の姿は見当たらない。

「また、ちょっと出かけてくるよ」

牧野は母に告げ、『太平食堂』を出た。

母は何も訊かなかった。息子が瑞穂とミッドナイト・デートをすると思ったのだろう。牧野は小料理屋に駆け戻り、小料理屋の店内をうかがった。堺は二人の部下とまだ飲んでいた。

牧野は黒縁眼鏡をかけて、ふたたび物陰に身を潜(ひそ)めた。

それから五分ほど経ったころ、堺たち三人が小料理屋から出てきた。二人の部下は戸越銀座駅方面に歩きだした。

堺支店長は反対側の第二京浜国道に足を向けた。

牧野は堺を尾行しはじめた。堺は第二京浜国道に出ると、タクシーに乗り込んだ。牧野も空車を拾った。

堺がタクシーを降りたのは、円山町(まるやまちょう)の外れだった。かつての花街(はなまち)だ。数十年前からラブホテル街として賑(にぎ)わっていたが、最近はブティックやＤＪのいるクラブも増えた。

牧野はタクシーを捨てた。

堺は馴れた足取りで、雑居ビルの中に吸い込まれた。四階建てで、エレベーターは設置されていない。

牧野は暗がりに立ち、古めかしい雑居ビルの階段を見上げた。

堺は二階に上がり、二〇五号室に入った。愛人宅なのか。それとも、違法カジノなのだろうか。

牧野は雑居ビルに足を踏み入れ、二階に駆け上がった。

二〇五号室には、表札は掲げられていなかった。牧野は青いスチールドアに耳を押し当てた。

男たちの話し声がかすかに響いてくる。

だが、ルーレットの音はしない。ディーラーの声も流れてこなかった。チップを並べる音も聞こえなかった。

違法カジノではなさそうだ。愛人の住まいでもないだろう。

牧野は二階と三階の間にある踊り場に移動し、しばらく様子をうかがった。二十分ほど過ぎると、二〇五号室のドアが開いた。

牧野は数段ステップを下り、二〇五号室を見た。

女装した三人の中年男が次々に出てきた。その中に堺支店長も交じっていた。

男たちはセミロングのウイッグを被り、厚化粧をしている。服装も派手だ。

スカートの丈は一様に短い。ハイヒール・サンダルの色はパーリーホワイトだった。

三人の女装男は雑居ビルを出ると、ファッションホテルの建ち並ぶ坂道をゆっくりと登りはじめた。ひとりはモンローウォークだった。腰のくねらせ方がオーバーだ。

牧野は笑いを堪えながら、堺たち三人の後を尾けた。

三人はラブホテル街を一巡すると、それぞれ暗がりにたたずんだ。街娼の振りをして、酔った男たちをからかう気なのだろう。

堺は坂の上のファッションホテルの斜め前に立っていた。

坂道の途中には、毛皮のハーフコートを羽織った女装男がいる。ミニスカートは時代遅れのアニマルプリントだった。ファッションセンスが滑れすぎている。牧野はそう思ったが、わざと安っぽい娼婦に見せかけたいのかもしれない。

雑居ビルに最も近い場所に立っている女装男は黒ずくめだった。コートやミニドレスだけではなく、マニキュアも黒い。

牧野は酔っ払いの振りをして、黒ずくめの女装男の前を通過した。

「お兄さん、急いでるの？」

女装男が声をかけてきた。牧野は立ち止まって、振り向いた。

「いや、別に」

「あなた、彼女いないわね？」

「よくわかるな。酒が回ったら、急に女が欲しくなっちゃって……」

「ホテルに入って、デリバリーの女の子と遊ぼうと思ったんでしょ？」

「まあね」

「デリバリーの娘たちは危いわよ。性病持ちばかりなんだから。エイズに罹ってるのもいるし、枕探しをする女もいるの。うっかりナニを生でくわえさせたら、ひどいことになるわよ」

「そうなのか」

「その点、あたしたちベテランは安全よ。三十過ぎたんで高級娼婦は務まらなくなって、立ちんぼやってるんだけどさ、誠実にサービスしてるの。もちろん、性病になんか罹ってないわ」

「四十代に見えるがな」

「意地悪ね。それより、ショートなら一万五千円でいいわ。泊まりなら、三万ね。ホテル代はお客さん持ちよ」

「おれ、ノーマルなんだ。相手が男じゃ……」

「やだ、女装してるって、わかっちゃった⁉」

　相手が、きまり悪げに笑った。

「メイクは濃いけど、髭の剃り痕がうっすらと透けてるからね。それに眉も濃いし、喉仏が尖ってる。肩もがっしりしすぎてるな」

「まいったわ。完璧に女に化けたつもりだったんだけど、バレちゃったか」

「女装が趣味なんだ？」

「そうなのよ。別にゲイじゃないんだけど、女になりすますと、ストレスが吹っ飛ぶのよね。これでも、東証一部上場企業で課長をやってるんだ」

「途中から男言葉になったな」

「男だからね」

「声をかけた奴が女と思い込んでたら、ホテルに行くわけ？」

「行かないよ。ゲイじゃないからさ。別人格になることがスリリングで、とっても愉しいんだ」

「この近くに女装クラブがあるのかな？」

牧野は訊いた。女装男が雑居ビルを指さした。

「あそこの一室に会員制の女装クラブがあるんだよ。メンバーは二十数人なんだけど、いずれも一流企業の管理職か中間管理職なんだ。エリート官僚や大学教授もいるよ。それぞれ社会で頑張ってるんだが、誰もストレスを溜めてる。だから、女装でガス抜きしてるわけさ」

「そう。本物の女に見られたときは、嬉しいんだろうか」

「悪い気はしないね。といっても、別に女に見られたいわけじゃないよ。うまく化けたことが嬉しいんだ」

「そうなんですか」

「きみはどんな仕事をしてるんだい？」

「自営業です」

「ストレス解消したいんだったら、女装がいいよ。会費は毎月八千円かかるんだけど、よかったら、クラブに入会しないか？」

「せっかくだけど、遠慮しときます」

「それは残念だな」

「坂道の途中と上の方にも街娼っぽいのが立ってるけど、もしかしたら、お仲間ですか？」

「そう。手前に立ってるのは公立中学の英語教師で、坂の上にいるのは某信用金庫の支店長なんだ。あの二人、女に見える？」

「遠目ではね。しかし、そばに寄ったら、女装がバレちゃうだろうな」

「まだ研究不足なんだな、われわれは」

「せいぜい研究を重ねてください」

牧野は女装男に言って、坂道を登りはじめた。

英語教師が牧野に気づき、科をつくった。

「あら、いい男！　ね、遊ばない？」

「スカーフか何かで喉仏を隠さないと、女に見えないと思うがな」

「バレちゃった？」

「女装男のことは、英語でなんと言うのかな？　先生、教えてよ」

「おたく、何者なの⁉」

「通りすがりの者ですよ」

牧野は言って、先を急いだ。

坂道を登り切った所に女装した堺が立っている。牧野は足を止めた。

「あたしのこと、気に入ってくれたのかしら？」

「声が太すぎるな。裏声を使わないと、男だってことがわかっちゃうよ」

「えっ⁉」

堺が訝しげな顔つきになった。

牧野は黒縁眼鏡を外し、前に進み出た。

「あんたは⁉」

「ユニークな趣味をお持ちなんだな、堺支店長は」

「わたしを尾けてきたんだなっ」

「ええ、戸越の小料理屋の前からね。堺さんが女装クラブの会員であることも教えてもらいましたよ、坂の下にいるお仲間にね」

「なんてことなんだ」

「あなたは女装癖のあることを誰かに知られ、こっちに濡衣を着せろと命じられたんでしょ？　そして、いったん手提げ袋の中に収めた六百万のうち百万円だけ抜き取って、おれがネコババしたように仕組んだ。そうなんですね？」

「……………」

「堺さんを脅迫したのは、どこの誰なんです？」

「わからないんだ、わからないんですよ。わたしは正体不明の脅迫者の指示通りに牧野さんを罠に嵌めただけなんです。女装趣味があることを表沙汰にされると、何かと不都合なことになると思ったので、命令に逆らえなかったんですよ。ご迷惑をかけて、申し訳ありませんでした」

　堺が謝罪し、土下座した。

「立ってください。あなたは脅迫者の正体を知ってるんでしょ？」

「いいえ、知りません。思い当たる人間はひとりもいないんですよ。荏原署の刑事さんには事実を話します。それから、わたしが個人的に迷惑料を差し上げます。二百万で水に流してもらえるでしょうか？」

「金なんかいらない。こっちを犯罪者に仕立てようと企んだ奴のことを正直に話してください」

「本当に知らないんですよ」

「とにかく、立ってくれ」

牧野は言った。

堺が立ち上がった。次の瞬間、支店長はハイヒールを脱ぎ、一目散に逃げはじめた。百軒店の方向だった。牧野は追った。

堺は百数十メートル走ると、横倒しに転がった。まるで突風に吹き飛ばされたような倒れ方だった。

銃声は耳に届かなかった。だが、堺が被弾したことは明白だった。

牧野は左右の建物の屋上、窓、非常階段を見上げた。

動く人影は見当たらない。堺支店長は消音器付きのライフルで狙撃されたのだろう。

「救急車を呼んでくれないか」

堺が唸りながら、牧野に声をかけてきた。

倒れた弾みに栗毛のウイッグは外れたらしく、道端に転がっている。牧野は堺に駆け寄った。堺は右手で左の肩口を押さえて、呻いていた。近くに街灯があった。右手の五指は血糊に染まっていた。

「撃たれたのは左の肩だけ？」

「そうです。早く救急車を呼んでくれないか。頼む」

「女装のまま救急病院に担ぎ込まれることになるが、それでもいいんですね？」

「困るが、失血死したくないからね。恥をかいてもいいから、早く救急車を……」

「救急車とパトカーの両方を呼びます」

牧野は、懐からスマートフォンを摑み出した。

第四章　謎の犯行目的

1

相模湖（さがみこ）ＩＣ（インターチェンジ）を通過した。

一段と緊張が高まった。ハンドルを握る手はうっすらと汗ばんでいた。

朝比奈駿はレンタカーを走らせていた。

オフブラックのクラウンだ。中央自動車道の下（くだ）り車線である。

前を走行中のアウディを運転しているのは麦倉千鶴だった。車内には、一億円の身代金が積まれている。

朝比奈は渋谷署で仮眠をとると、麦倉邸に戻った。佐橋警部補と一緒だった。午後二時を回っていた。

被害者宅の居間には、交代要員の伴と戸室が逆探知する段取りで犯人グループの連絡を待っていた。

朝比奈は自分だけ麦倉邸に残り、三人の部下を聞き込みに回らせた。麦倉夫妻とともに犯人側からの指示を待った。

電話連絡があったのは、きっかり午後七時だった。

朝比奈は逆探知の用意をしてから、人質の父親に受話器を取らせた。発信者は例によって、ボイス・チェンジャーを使っていた。しかも、通話時間は数十秒だった。

「午前零時に中央自動車道の談合坂サービスエリアに身代金を陽菜の母親に運ばせろ。下り車線側のサービスエリアで、次の指示を待て！」

発信者は早口でそう告げ、すぐに電話を切ってしまった。

逆探知はできなかった。朝比奈は能塚課長に連絡し、支援要員の六人の同僚と『SIT』のメンバーを二名、先に談合坂サービスエリアに配置させてほしいと頼んだ。

その後、三人の部下を麦倉宅に呼び寄せた。

朝比奈は段取りを説明し、伴と戸室にそれぞれレンタカーを借りさせた。戸室が借りたのは灰色のプリウスだった。

警察車輌のナンバーには、数字の頭にさ行かな行のいずれかの平仮名が冠されている。そのことは、犯罪者たちや警察マニアはたいてい知っていた。警察無線の周波数も知られているはずだ。

傍受を防ぐために十年以上前に無線はデジタル化されたのだが、通信暗号はたちまち解析され、ほとんど役目を果たしていない。朝比奈は傍受不可能な特殊無線を用いて、部下や支援要員たちと交信することにした。

人質の母親がアウディに身代金を載せて自宅を出たのは、午後十時二十分だった。アウディの前には、佐橋と戸室の乗ったレンタカーが控えていた。プリウスのステアリングを握っているのは佐橋だ。

佐橋の車はアウディを先導する形で、中央自動車道に向かった。朝比奈はアウディのすぐ後ろにレンタカーをつけ、そのままドイツ車に従った。

能塚課長から電話がかかってきたのは、クラウンが調布ＩＣに差しかかったときだった。すでに二班と三班から選ばれた六人の同僚刑事たちは談合坂サービスエリアに到着し、おのおの配置についているという。

『ＳＩＴ』の二人は、サービスエリアを挟む形で待機中らしい。どちらもスコープ付きの狙撃銃をいつでも使える状態にしてあるそうだ。

「犯人どもは、どんな方法で人質と身代金を交換する気なんでしょうか？」

助手席で、伴刑事が言った。

「おそらく次の指示で、身代金運搬役の院長夫人を人里離れた場所に呼び寄せる気なんだろう」

「そうなんでしょうね。八ヶ岳の山麓か、富士五湖のどこかで受け渡しをする気なのかもしれませんよ」

「ああ、おそらくな。伴、麦倉美容整形外科医院の看護師長から例の件を探り出してくれたか？」

「おっと、いけない。聞き込みの報告が後回しになってしまいました。看護師長はなかなか言いたがらなかったんですが、麦倉院長が手術ミスをしたと裁判を起こしてる患者がいることを洩らしました」

「その原告のことを詳しく話してくれ」

朝比奈は促した。

「はい。訴訟を起こしたのは山名麻衣です。二十六歳のファッションモデルです。麻衣はおよそ一年前に隆鼻手術と豊胸手術を受けたという話なんですが、術後二カ月で、鼻柱が歪んでしまったらしいんですよ。それで、手術のやり直しをしてくれと麦倉院長に直談判したというんです」

「だが、院長は取り合わなかった？」

「ええ、そうなんですよ。鼻のラインが曲がってるのは、別に手術のミスではない。手術前から歪んでたと主張して、山名麻衣の要求を突っ撥ねたというんです」

「そうか。で、そのモデルに会ったのか？」

「はい。確かに鼻柱は歪んでました。埋め物のプロテーゼが高すぎたんでしょう。山名麻衣はモデルの仕事が激減したのは、美容整形手術の失敗のせいだと知り合いの芸能レポーターに話したようなんです。その芸能レポーターはそれほど売れてないみたいで、麦倉院長から小遣いを脅し取ろうとしたらしいんですよ。それで院長は態度を硬化させて、山名麻衣の再手術に応じる気はないと……」

「山名麻衣はそれに腹を立てて、訴訟に踏み切ったわけか」

「ええ、そう言ってました」

「弁護士にも会ったんだな？」

「ええ、一応。しかし、捜査には非協力的でしたね。守秘義務があるからと、依頼内容のことは話してくれなかったんですよ。三十代後半の弁護士なんですが、どうも彼は警察嫌いみたいだな」

「そうなんだろう」

「看護師長の話によると、山名麻衣は裁判を起こす前に医院の前で待ち伏せして、麦倉喬に果物ナイフを突きつけ、謝罪しろと迫ったというんですよ」

「で、どうなったんだ？」

「麦倉院長は刃物を取り上げ、麻衣を突き倒したそうです。そのとき、彼女は院長に手術ミスを認めて納得できる額の補償金を払わなかったら、一家に不幸が訪れると予告したらしいんですよ」

伴が言った。

「そうか」

「山名麻衣が院長の対応に頭にきて、犯罪のプロたちに陽菜を誘拐させたんじゃないですかね」

「陽菜を拉致した三人には犯歴はないようだ。鑑識係の報告によると、例の全裸写真には家族やおれたち以外の二人の指掌紋が付着してたそうだが、どちらも前科者の指掌紋データベースに登録されてなかったんだ。前科者が写真に自分の指紋や掌紋を不用意に残すわけないからな」

「ええ、そうですね。もしかしたら、山名麻衣の男友達が彼女に同情して、麦倉陽菜を引っさらったのかもしれないな。そいつらは犯罪に馴れてないんで、うっかり全裸写真に直に触れてしまった。そんなふうに筋を読むこともできますよね？」

「そうだな。仮に誘拐事件の首謀者が山名麻衣だとしたら、訴訟を起こしたことと矛盾しないか？」

「矛盾ですか？」

「ああ。裁判で自分の正当性を訴えてる者が被告の娘を引っさらって、一億円の身代金を要求する気になるかな」

「麦倉院長が自分の手術ミスを認めようとしなければ、当然、裁判は長引くことになりますよね」

「山名麻衣はかなりの額の弁護費用が必要になってくる」

「ええ。一流のモデルってわけではないようだから、それほど貯えがあるとも思えません。それに、勝訴するかどうかもわかりませんでしょ？」

「そうだな」

「といって、告訴を取り下げるのは癪でしょう。だから、山名麻衣は麦倉院長のひとり娘を人質に取って、一億円の身代金をせしめる気になったんじゃないのかな。むろん、彼女自身は実行犯じゃない。知り合いの男たちに汚れ役を引き受けてもらったんでしょう」

「伴の推測を全面的に否定する気はないが、二十六歳の女がそこまで肚を括れるもんだろうか」

「芸能界で生きてる男女は若くても、強かな面があるんじゃないですか。そうじゃなければ、とてもやっていけないでしょ？　野望を懐いてる連中が競り合ってる世界ですので」

「それはそうなんだが……」

　会話が途切れた。

　朝比奈は運転に専念し、ルームミラーとドアミラーに目を向けた。不審な車は目に留まらない。

「佐橋、プリウスの前に気になる車は？」

朝比奈は特殊無線を使って、部下に問いかけた。

「現在のところ、見当たりません。後方はどうでしょう？」

「こっちも不審な車は視認できない」

「そうですか。サービスエリアに張り込んでる支援要員たちも、覆面パトは使わずにレンタカーを利用したんですよね？」

「そのはずだ。課長にそうするよう頼んでおいたからな。ただ、『ＳＩＴ』の二人は警察車を使用したんだろう。もちろん、車を無防備にサービスエリア内に駐めたりしてないだろうがな」

「そうでしょうが、目立たない場所といっても、あまり多くないですよね。犯人グループに覚られないことを祈りましょう」

交信が終わった。

アウディは時速八十キロ前後で、右のレーンを進んでいる。まだ時間はたっぷりある。身代金を運んだ外車は上野原ＩＣの数キロ先で、左車線に移った。そのまま直進し、談合坂サービスエリアに入る。

アウディは駐車場の中ほどに停まった。午前零時九分前だった。

佐橋のプリウスは少し離れた場所にパークされている。朝比奈はレンタカーをアウディの数台手前に駐めた。特殊無線を使って、支援要員の張り込み場所を確認する。二班の三人が乗ったアリオンは、手洗いのそばに駐められていた。三班のカローラは、出口近くの走路に寄せられている。

「受信機のスイッチをオンにしてくれ」

朝比奈は伴刑事に命令した。

アウディのコンソールボックスには、高性能マイクが仕込んである。交信はできないが、車内の音声はキャッチできる。朝比奈は耳をそばだてた。

麦倉千鶴の溜息（ためいき）が洩れてきた。緊張が極度に達したのだろう。

朝比奈はレンタカーを降り、大きく伸びをした。全身の筋肉をほぐしながら、さりげなく視線を巡らせる。アウディに近づく人影は見当たらない。朝比奈は運転席に腰を沈めた。

やがて、午前零時になった。

数秒後、伴の腿（もも）の上に置かれた受信機からスマートフォンの着信音が流れてきた。院長夫人がスマートフォンを耳に当てる気配が伝わってきた。

「はい、陽菜の母親です」

「………」

当然のことだが、相手の声は聞こえない。

「一億円はちゃんと積んであります。次は、どうすればいいんですか？　早く娘に会わせてください」

「…………」

「焦（あせ）るなって、あなた、何を言ってるんですっ。陽菜は、わたしたち夫婦の宝物なんですから」

「…………」

「気を悪くしたんでしたら、謝ります。わたし、娘のことが心配なあまり、つい感情的になってしまったんです。ごめんなさい」

「…………」

「ちょっと確認させていただきたいんですが、仲間の方が陽菜に淫（みだ）らなことはしてませんよね？」

「…………」

「それを聞いて、安心しました。身を穢（けが）されたりしたら、心的外傷（トラウマ）に一生、苦しめられることになりますからね。人質を大事に扱ってくれたことに感謝します」

「…………」

「はい、わかりました。西湖（さいこ）のボート桟橋の横で待てばいいんですね。お金と引き換（か）

えに陽菜を解放してもらえるんでしょ？」

「…………」

「それでは、次の場所に向かいます」

通話が打ち切られた。

千鶴がアウディのエンジンを始動させた。朝比奈は伴に受信機のスイッチをオンにしておくよう命じ、佐橋や支援要員たちに犯人側の次の指示を特殊無線機で伝えた。

アウディが走りはじめた。

朝比奈は先にクラウンを発進させた。すぐにプリウス、アリオン、カローラが追ってくる。『ＳＩＴ』のメンバーの車も後に従うはずだ。

千鶴の車は下り車線に入ると、大月方面に向かった。大月ＪＣＴで線から外れ、河口湖方向に進んだ。

都留ＩＣの手前で、『ＳＩＴ』のメンバーから朝比奈に無線連絡が入った。

「われわれ二名は先に西湖畔で待機したいのですが……」

「了解！　そうしてください。覆面パトの車種は？」

「黒のスカイラインです」

「ボート桟橋から百メートル以上離れた所に車を駐めてください」

朝比奈は言って、レンタカーを左のレーンに移した。

それから間もなく、黒いスカイラインがアウディを追い抜いた。そのまま高速で走り去った。

十数分後、アウディが河口湖ＩＣの料金所を出た。朝比奈たち捜査員も倣った。

千鶴の車は富士パノラマラインに入った。国道一三九号線である。

富士河口湖町、鳴沢村を通過し、アウディは青木ヶ原樹海の外れの鳴沢氷穴の手前で右折した。道なりに進めば、西湖にぶつかる。

朝比奈たちも同じ道をたどった。急にアウディが路肩に寄った。

誘拐犯グループから連絡が入ったのか。

朝比奈もレンタカーを一時停止させた。受信機から、院長夫人の話し声が洩れてくる。電話をかけてきたのは夫の麦倉らしい。

「まだ陽菜に会えてないの。談合坂サービスエリアで指示を待ってたら、西湖のボート桟橋の近くに行けって言われたのよ」

「………」

「そう、富士五湖の一つね。ううん、まだ着いてない。陽菜の安否が気がかりなのはよくわかるけど、いまは電話を控えてちょうだい。犯人からの電話かもしれないと思ったら、一瞬、パニックに陥りそうになったの」

「………」

「あなたが娘をどれだけ大切にしてるかはわかるわよ。心配する気持ちも理解できるわ。でもね、身代金の運び役のわたしも必死なの。だから、紛らわしい電話をされると、困るわけ。そう、安全運転できなくなるでしょ？」

「……………」

「自分のことばかり考えてるですって⁉」

「……………」

「それは、あなたのほうでしょうが！　報告を待つだけの身はもどかしい？　何を言ってるのよ。わがままもいい加減にして！」

「……………」

「そうね、夫婦喧嘩をしてる場合じゃないわ。ええ、冷静になりましょう。陽菜を返してもらったら、すぐ連絡するわ」

通話が打ち切られた。

人質の母親は、ふたたびアウディを走らせはじめた。朝比奈たちは追った。

じきに湖岸道路に出た。西湖は富士五湖のうちで、大きさは四番目だ。最も小さい精進湖のほぼ倍である。山中湖、河口湖、本栖湖と比較すると、スケールは小さい。

アウディはボート栈橋の真横に駐められた。

湖面は黒々としている。湖岸はひっそりと静まり返っていた。湖の向こう側に見える灯火は、漁火(いさりび)を連想させる。

朝比奈はレンタカーを湖岸道路の脇道(わきみち)に入れ、特殊無線で支援要員たちの現在位置を確認した。佐橋の車はボート栈橋の手前に停車中だった。

二班と三班の助っ人要員は、湖の東側と西側に控えていた。『SIT』の二人は、ボート栈橋の両側に身を潜めているという。

「何か動きがあったら、教えてくれ。おれはボート栈橋の見える場所に張り込む」

朝比奈は伴に言って、レンタカーを降りた。

ショルダーホルスターには、シグ・ザウエルP230JPが収まっている。自動拳銃だ。制服警官は、S&W(スミス・ウエッソン)のM360を貸与されている。ニューナンブM60の後継銃のリボルバーだ。

多くの刑事はシグ・ザウエルP230JPを携行している。といっても、いつも持ち歩いているわけではない。通常の聞き込みのときは丸腰だ。女性刑事には、二十二口径の自動拳銃(オートマチック)が支給されることが多い。

朝比奈は足音を殺しながら、湖岸道路の手前まで歩いた。

右手前方にアウディが見えた。ヘッドライトは消されていたが、かすかにアイドリング音が響いてくる。車内は暗い。

三十分が過ぎた。

だが、院長夫人はドイツ車の運転席に坐ったままだ。犯人グループは近くに身を隠し、こちらの動きを探っているのだろう。下手には動けない。

朝比奈は息を詰め、ひたすら待った。さらに数十分が経過しても、何も動きはなかった。そんなとき、伴刑事が駆け寄ってきた。

「犯人側から院長夫人に電話があって、人質の受け渡しは中止するという通告があったようです」

「どういうことなんだ⁉」

「犯人どもは、われわれが動いてることを察知したようですね。それで、ペナルティーとして、身代金に五千万円の上乗せをしてもらうと夫人に言ったみたいですよ。次の受け渡し日は後日、指示すると言ったようです」

「レンタカーを使ったのに、なんで犯人側に勘づかれたんだろうか。まさか警察関係者が誘拐犯グループと通じてるんじゃないだろうな」

「いくらなんでも、それはないでしょう」

「そうか、そうだな」

「院長夫人に詳しい話を聞いてきましょう」

「まだ早い。犯人グループの一味がこの近くにいるだろうからな」

朝比奈は伴の片腕を摑み、長嘆息した。

2

土鳩が舞い降りてきた。七羽だった。何か餌を貰えると思ったのだろう。

西池袋公園だ。本多貴之は園内のベンチに腰かけ、ラークを喫っていた。大阪に出かけた翌朝である。あと数分で、十時になる。

職場の池袋署は三百メートルも離れていない。だが、本多は欠勤すべきかどうか、さきほどから迷っていた。

かたわらのショルダーバッグには、署内から無断で持ち出した極上の覚醒剤が収まっている。石神井の自宅マンションを出る寸前に体重計で測ってみたら、アンフェタミンの粉は約六キロあった。

前夜は結局、換金できなかった。東京には顔見知りのやくざが大勢いる。しかし、そうした連中に売り捌くわけにはいかない。

どうしたものか。煙草の火を踏み消したとき、本多は近くに福建省出身のチャイニーズ・マフィアが住んでいることを思い出した。馬平潭という名で、五十四歳だ。

馬は二十代のころに蛇頭の手を借りて日本に密入国し、十年ほど歌舞伎町の上海マフィアたちの下働きをしていた。

上海人は都会人だが、福建人は田舎者扱いされている。出身地が異なることもあって、馬はいっこうに幹部になれなかった。

そこで彼は同郷の不法滞在者たちと池袋に移り、密航ビジネスに手を染めた。いつしか馬は密航者に偽造パスポートを売りつけ、建築現場作業員として働かせた。いつしか馬は親方と呼ばれるようになり、池袋在住の福建省出身者たちに慕われるようになっていた。

口入れ屋は現在もつづけているが、主なビジネスは売春、拳銃密売、中国賭博、盗品の故買、産業廃棄物の請け負いなどだ。ほかに同郷人に金を貸し、中国人クラブの用心棒も務めている。

本多は勢いよくベンチから立ち上がった。

足許にまとわりついていた土鳩が驚いて、一斉に舞い上がった。本多は心の中で土鳩に詫びながら、公園を出た。馬の事務所兼自宅は、池袋四丁目にある。潰れた自転車屋を土地付きで買い取ったのだ。
五、六分歩くと、馬のオフィスを兼ねた住まいに着いた。木造モルタル造りの二階家だ。階下は事務所になっていた。
本多は事務所に入った。

馬は布張りの応接ソファに坐って、日本の全国紙を読んでいた。長く日本に住んでいる彼は漢字だけではなく、片仮名や平仮名も読める。もちろん、日本語も達者だ。

「これは珍客ですね」

馬が朝刊を折り畳んで、笑顔を向けてきた。下脹れの顔は、まるで布袋だ。唇が分厚く、ずんぐりとした体型だった。

本多は勝手に馬の正面に坐った。

「あんまり非合法ビジネスで荒稼ぎしてると、地元のヤー公に殴り込みかけられるぜ」

「日本のやくざは荒っぽいことはできませんよ、暴力団新法にすぐ引っかかっちゃいますからね。きょうは何です？」

「実は、あんたに相談があるんだ」

「どんな相談なのかな。本多さんにはいろいろ世話になったから、わたし、親身に相談に乗りますよ」

馬は真顔だった。

「これから話すことは、オフレコにしてほしいんだ」

「そのへんは心得てます」

「おれがよく知ってる新宿のやくざが足を洗いたがってるんだ。そいつの名と組の名前は言えないが……」

本多は作り話を口にした。

「そのやくざ、どうして足を洗う気になったんです？」

「その男の伜はまだ十一歳なんだが、血液の癌なんだ。わかりやすく言うと、白血病だな。知り合いの暴力団の準幹部は難病に罹ってしまった息子に最新の治療を受けさせたくて、組の覚醒剤を六キロほど盗ったんだよ」

「その男が自分で売り捌くと危いことになるんで、本多さんに泣きついてきたわけですね？」

「別に泣きついてきたわけじゃない。そいつは俠気のある奴だから、昔、ちょっと面倒を見てやったことのあるおれに恩義を感じてるみたいで、こっちに迷惑がかかるようなことは一切しないんだ。だから、一肌脱ぎたくなったんだよ」

「古風なやくざなんですね。今どき珍しいんじゃないですか」

「そうだな。品物は極上なんだよ。純度の高い生のアンフェタミンなんだ。キロ二、三百万では売れるだろう。なんとか買い手を見つけてくれないか。人助けだと思ってさ」

「四、五年前まで覚醒剤の卸しもやってたんですが、麻薬取締官にマークされるようになったんで、きっぱりとやめてしまったんですよ。その当時の買い手とも、つき合いを絶っちゃったんで……」

「最近はニューヨークの福建マフィアがユダヤ人組織の縄張りを乗っ取って、かなり幅を利かせてるんだってな。アメリカに、あんたの友達がいるんだろ？」

「何人か知り合いはいますけど、特に親しくしてるわけじゃないんですよ。それに、取引量が六キロ程度じゃ、食指を動かさないでしょう」

「二十キロなら、買い手を見つけてくれるのか？」

「まさか本多さん、池袋署の押収品を横流しする気なんじゃないでしょうね？」

馬が怪しんだ。

「ばか言うなって。そんなことをしたら、おれは即刻、懲戒免職になる。そんな愚かなことはしないよ。でもな、難病に苦しんでる息子のために組を脱ける気になった知り合いのやくざの心意気にちょっと感動したんだよ。だから、おれは自分の立場も忘れて、そいつの力になりたいんだ」

「いい話だな。わかりました。結果はどうなるかわかりませんが、昔の買い手たちにちょっと打診してみてあげましょう」

「この場で打診してみてくれよ」

本多は言った。

「いまですか⁉」

「そうだ。一日も早く品物を金に換えてやりたいんだよ」

「わかりました」

馬がソファから立ち上がり、背後の両袖机に向かった。固定電話を使って、どこかに連絡を取った。

遣り取りは短かった。馬は指でフックを押し、もう一本電話をかけた。一分ほど相手と話し、彼は送話口を手で塞いだ。

「先方は、一キロ五十万だったら、取引に応じてもいいと言ってます。本多さん、どうします？」

「それじゃ、六キロで三百万円にしかならないじゃないか。話にならないな。せめてキロ百万で買ってくれないか、相手に訊いてみてくれよ」

本多は粘った。

馬がうなずき、相手と福建語で喋りはじめた。口喧嘩をしているように聞こえるが、別段、諍っているわけではなさそうだ。

ほどなく馬が受話器を置いた。困惑顔になっていた。

「取引は不成立に終わったようだな？」

「ええ、そうなんですよ。お力になれなくて、申し訳ありません。先方はキロ五十万以上は出せないと、一歩も譲らなかったんです」

「そうか」

「本多さん、差し当たって、いくら必要なんです？」

「最低一千万はないとな？」

「それだったら、こうしませんか？　手持ちの六キロを電話の相手に売って、足りない七百万円はわたしがカンパします」

「カンパの見返りは？」

「わたしの息のかかった不法滞在者を中国に送還しないよう入管に話をつけてもらえるんだったら、七百万円をキャッシュで渡しましょう」

「その裏取引には乗れないな。おれが相談した件は誰にも言うなよ。もし他言したら、池袋にいる福建マフィアを全員、検挙することになるぞ」

本多は腰を浮かせ、すぐに外に出た。

数十メートル歩くと、懐で私物のスマートフォンが振動した。自宅を出るとき、マナーモードに切り替えておいたのだ。本多はスマートフォンを取り出し、ディスプレイを見た。発信者は牧野だった。

「こないだは二次会につき合えなくて悪かったな」

「そのことは気にしないでくれ。それよりも妙なことを訊くが、おまえ、誰かに陥れられそうになったことはないか？」

「だしぬけになんだよ」

「昨夜、渋谷の円山町で東和信用金庫戸越支店の堺という支店長が左の肩を撃たれた事件があったんだが、知らない？」

「そういえば、今朝のテレビでそんなニュースが流れてたな。その事件がどうしたって言うんだ？」

本多は問いかけた。

「実はおれ、事件現場にいたんだよ。救急車を呼んで、一一〇番通報したのはおれなんだ」

「なんで牧野が堺とかいう支店長と一緒にいたんだ？」

「おれは、堺の罠に引っかかったんだよ」

牧野が経緯をつぶさに語った。

「支店長は女装趣味のあることを謎の脅迫者にちらつかされて、牧野が百万円をネコババしたように画策したと供述してるんだな？」

「そうなんだ。堺支店長とはトラブルを起こしたこともないから、彼の言ってることは作り話じゃないと思うよ」

「そうなってくると、支店長を背後で操ってた人物が牧野に何らかの悪感情を持ってると考えられるな」

「おそらく、そうなんだろう」

「しかし、牧野は好人物だから、誰かに恨まれてるとは思えないな」

「これといった根拠があるわけじゃないが、おれは逆恨みされてるんじゃないかと考えてるんだ」

「何か思い当たる節があるのか？」

「特にないんだが、そんな気がしてるんだよ。それで、ひょっとしたら、本多も誰かに犯罪の濡衣を着せられたかもしれないと思って、電話したんだ」

「おれは、そういう目に遭ってないよ」

　本多は言った。

「そうか。思い過ごしだったのかな。もしかしたら、おれだけじゃなく、本多や朝比奈も誰かに逆恨みされてるかもしれないと考えたんだが……」

「朝比奈は、どうなんだ？」

「円山町の現場に来た渋谷署の捜査員の話によると、朝比奈はある誘拐事件の捜査に当たってて、署にはいないというんだよ。私物のスマホの電源は切られてた。だから、まだ朝比奈には確かめてないんだ」

「そうなのか。で、撃たれた堺という支店長は？」

「広尾の救急病院に運ばれた。ライフル弾は貫通してたんで、二週間ほどで退院できるらしい」

「牧野、堺支店長をマークしつづけてみな。正体不明の脅迫者とどこかで接触するかもしれないからな。それから、堺はそいつの正体を実は知ってるんだと思うよ。だから、謎の人物は支店長を葬ろうとしたにちがいない。しかし、狙撃に失敗してしまった。そういうことなんだろう」

「おれも、そう推測してたんだよ。本多も、そう思うか？」

「ああ。顔の見えない黒幕は堺の入院先に殺し屋を送り込んで、始末させる気になるんじゃないか？」

「考えられるな」

「牧野、堺を揺さぶってみな。黒幕の正体を知ってるはずだよ。しかし、そいつは侮れない人物なんだろう。要するに、手強い奴なんだよ。たとえば、有力者とか闇社会の首領とかな」

「そうなのかもしれない」

「罠を仕掛けられたこと、朝比奈に話したほうがいいな。それで、彼も誰かに逆恨みされてる気配を感じたかどうか訊いてみろよ」

「ああ、そうしよう。仕事中に済まなかったな」

牧野が電話を切った。

本多はスマートフォンを上着の内ポケットに戻した。牧野を犯罪者に仕立てようと画策したのは、いったい何者なのか。犯人を突きとめてやりたかったが、真沙美の開業資金を早く調達しなければならない。

だが、買い手を探す手立てもない。本多は、いったん職場に向かう気になった。

十分そこそこで、署に着いた。生活安全課に入ると、北條がつかつかと歩み寄ってきた。

「刑事失格だな」

「なんだと⁉」

「さっき課長に密告電話があって、おたくが押収品の覚醒剤を盗み出し、買い手を探してるって情報が入ったんだ」

「おれは押収品なんか何も持ち出しちゃいない」

本多は狼狽しながらも、毅然と言った。

「偽情報だって言いたいわけか」

「そうに決まってる」

「だとしたら、おたくは誰かに恨まれてるな」

北條がそう言い、刑事部屋から出ていった。

密告電話の主は馬なのか。純度の高い覚醒剤の買い手を探していることは、彼しか知らないはずだ。馬は池袋署に貸しを作っておいて損はないと考え、自分を売ったのだろうか。

しかし、馬も叩けば、いくらでも埃が出る体だ。そこまで危ないことをやる気になるだろうか。常識では考えにくいことだ。だが、疑わしい人間は馬しかいない。

「本多君、ちょっと来てくれないか」

百瀬課長が声をかけてきた。

本多は目礼し、課長の席に歩を進めた。立ち止まると、百瀬が書類から顔を上げた。

「さっき妙な電話がかかってきたんだよ。きみが押収品の覚醒剤を無断で持ち出して、売り捌こうとしてるという密告だった」

「課長は、その話を真に受けたんですか。いたずら電話ですよ。性感エステの店長か誰かが手入れを受けたことに腹を立てて、偽情報を流したんでしょう」

「そう思ったんだが、一応、確認しておきたかったんだ。最近、きみは押収品保管室に入ったことがあるかな？」

「もう二カ月ぐらい近づいてません」

「そう。それなら、いいんだ」

「密告してきたのは、どんな奴だったんです？」

「ボイス・チェンジャーを使ってたんで、男の声はくぐもってた。そう若くはないと思うが、年齢ははっきりとわからなかったな。誰か思い当たるのか？」

「具体的な人物は、ちょっと……」

「そう。この種の厭がらせ電話は昔から絶えないね。被疑者の彼女や親兄弟が担当刑事のデマを流したり、中傷の電話をしてきたりな」

「過去にも似たようなことがありましたよ」

「そうだろうな。わたしは部下を信じてる。不愉快な確認だったと思うが、勘弁してくれないか」

百瀬が軽く頭を下げ、書類に視線を落とした。

本多は一礼し、自席についた。ラークに火を点けたとき、佐久間課長代理が話しかけてきた。

「本多君を陥れようと偽情報を流した奴がいるんだってね？　悪質だな。きみの奥さんのお父上は大崎署の副署長なんだから、懲戒免職になるような不正なんかやるはずないのにね」

「そう言ってもらえると、少しは怒りが鎮まります」

「密告者は本多君を何かで逆恨みしてるんだろうが、それは被害妄想なんだと思うよ。そんな相手のことは放っとけばいい」

「そうすることにします」

「先行き不透明な時代とはいえ、おかしな奴が増えたね」

「ええ。現代人は病んでるんでしょう」

本多は同調して、煙草を深く喫いつけた。

牧野と同じように謎の人物が自分も陥れようとしているのか。そんなふうにも思えてきたが、姿なき敵と馬に接点があるとは考えにくい。

ただ、牧野が罠に嵌められた事実は無視できない。自分たち二人は、かつて誰かを深く傷つけてしまったのか。そのことで、相手に憎まれているのかもしれない。

本多は記憶の糸を手繰ってみた。

しかし、思い当たるようなことはなかった。一服し終えたとき、朝比奈から電話がかかってきた。

「いま、牧野から昨夜の事件のことを電話で聞いたんだ。ポリスモードに連絡があったんだよ。堺という支店長が仕掛けた罠の内容も教えてもらった」

「そうか」

「本多も何かで陥れられそうになったことがあるのか？」

「このまま電話を切らないで待っててくれないか」

本多は大急ぎで廊下に出て、階段ホールの隅にたたずんだ。

「そっちも似たような罠を仕掛けられたのか？」

「それほど深刻なことじゃないんだが……」

「何があったんだ？」

朝比奈が訊いた。

本多は少しためらってから、密告電話のことを明かした。一瞬、押収品の覚醒剤を六キロほど盗み出したことを口走りそうになった。しかし、すぐに思い留まった。

ありのままに事実を喋ったら、朝比奈は正義感と友情の板挟みになるにちがいない。大事な友人を苦しめるわけにはいかなかった。

「そんな偽情報を直属の上司に流したのは、本多を取っちめてやりたいと思ってたからなんだろう。堺支店長を脅迫した奴が本多のイメージダウンを狙ったとも考えられなくもないな」

「それは考え過ぎなんじゃないか。そっちは、どうなんだい？　誰かに罠を仕掛けられたと思うようなことは？」

「ないよ、そういうことは」

「それなら、過去の出来事でおれたち三人が誰かに恨まれてることはなさそうだな。ひょっとしたら、そうなのかもしれないと思ったんだが……」

「そうか。いま、おれは誘拐事案の捜査中なんだよ」

朝比奈がそう前置きして、美容整形外科医院の院長のひとり娘が営利誘拐の人質になっていることを伝えた。

「当然、マスコミには報道を控えてもらってるんだろう?」

「そうなんだ。だから、事件のことは他言しないでくれ」

「わかってるって。朝比奈、犯人グループはなんで一億円の身代金をすんなり受け取ろうとしないんだろうか。それが解せないな。ペナルティーとして、五千万円を上乗せしろと要求したという話だが、本気で身代金をせしめる気があるのかね? なんか裏がありそうだな。あるいは、もっと犯行動機は単純なのかもしれないぜ」

「犯人グループは一種の厭がらせで、麦倉陽菜という女子大生を引っさらった?」

「その可能性もあると思うな。どうも金目的の犯行じゃないような気がするんだ」

「だとしたら、犯人側の目的は人質の殺害なのかもしれないな。すでに麦倉陽菜は殺されてしまった可能性もあるのか」

「そのへんは何とも言えないが、穿った見方をすれば、犯人側は捜査当局の失点を狙ってるのかもしれないぞ。それとも、朝比奈個人の無能ぶりを世間に教えて、嘲笑したがってるんだろうか」

「おれを笑い者にすることが犯人グループの目的だとしたら……」

「おれたち三人は過去の出来事で、誰かに逆恨みされてると思ったほうがよさそうだな」

「本多、そうなのかもしれないぞ。事実無根の中傷電話をした奴に思い当たらないのか？」

「ひとりだけ思い当たる人間がいるよ」

「そいつを揺さぶって、背後関係を洗ってみてくれ」

「オーケー！」

本多はスマートフォンを懐に突っ込んだ。

すぐに池袋署を出て、馬（マー）の事務所兼住居に向かう。ほどなく着いた。馬（マー）は机に向かって、ボールペンを走らせていた。

「何か忘れ物ですか？」

「そっちが署に密告電話をかけたんじゃないのか？」

「えっ⁉　いったい何を言ってるんです？」

「おれが押収品の覚醒剤を売り捌こうとしてるって情報（ネタ）を生安課の課長にタレ込んだ野郎がいるんだよ。そのことを知ってるのは、あんたしかいない」

本多は馬（マー）を睨（にら）みつけた。

「悲しいことを言わないでくださいよ。わたし、あなたのことを絶対に売ってない。それだけは信じてほしいね」

「嘘（うそ）じゃないな」

「中国人は密告を卑（いや）しいことと考えてる。ましてや世話になった相手を陥れることは最低だと言われてます。わたしは異国で生き抜くため、いろいろ非合法なビジネスをしてます。ろくでなしと言われても、へっちゃらです。でも、卑怯者と罵られたら、本気で怒りますよ。たとえ本多さんでも赦しません。お願いですから、わたしに刃物やピストルを持たせないでください」

馬の声が湿った。どんぐり眼が涙で大きく盛り上がった。演技しているようには見えない。

「疑って悪かった。おれの早とちりだったようだ。勘弁してくれないか」

「わかってくれましたか」

「そのうち、一杯奢らせてくれないか。きょうは、これで失礼する」

本多は、そそくさと表に出た。

勇み足をしてしまったことを強く恥じた。本多は悄然と来た道を引き返しはじめた。

3

客がいなくなった。

時刻は午後三時十分だった。夕方まで少し暇になる。

牧野誠広は厨房から出て、カウンターに近いテーブル席に坐った。

出前のメニューをノートに書き出す。どれも自信のある料理だった。しかし、ありふれたメニューばかりだ。目玉になるような出前弁当も加えたほうがいいのではないか。

牧野は幕の内弁当をヒントに、和食弁当の献立を考えはじめた。

そのすぐ後、『太平食堂』に朝比奈が入ってきた。予告なしの来訪だった。

「お客さんはいないようだな」

「いまは暇な時間帯なんだよ。何か食べる？」

「腹は空いてないんだ」

「それじゃ、お茶を淹れよう」

牧野は朝比奈を椅子に坐らせ、手早く茶の用意をした。

向かい合うと、朝比奈が先に口を開いた。

「円山町の狙撃事件の凶器だが、アメリカ製の狙撃銃と判明した。現場で発見された弾頭から、凶器を割り出したんだ」

「堺支店長を撃ったのは、プロの狙撃手なんだろうか」

「いや、そうじゃないだろう。プロの犯行なら、一発で標的の頭を撃ち抜いてるはずだ」

「そうだろうな」

「しかし、犯人は堺の肩を撃ってる。ある程度、射撃術は心得てるんだろう。発射位置は、近くの雑居ビルの非常階段の踊り場だった」

「おれ、近くの建物を見回してみたんだが、人影は目に留まらなかったんだ」

「おそらく犯人は堺を撃ってから、しばらくその場にうずくまってたんだろう。そして姿勢を低くして、階段を下ったと思われる」

「そうなんだろうか。それで、手がかりになるような遺留品は？」

牧野は訊いた。

「残念ながら、それはないんだ。それからな、担当刑事の話によると、職場の者や身内で堺に女装趣味があることを知ってる者はまったくいなかったらしい」

「そうか。堺が女装クラブの仲間と何かでトラブってたことは？」

「そういうこともないそうだ。しかし、謎の脅迫者は堺に女装趣味があることを知ってたわけだから、個人的なつき合いがあったことは間違いないだろう。支店長の友人か知人が加害者なんだと思うよ」

「そうなんだろうな」

「牧野の話だと、堺を脅した奴はボイス・チェンジャーを使ってたということだったよな？」

「うん、堺はそう言ってた」

「犯罪者がボイス・チェンジャーで自分の声を変えることは別に珍しくないが、いま捜査中の誘拐事件の主犯と思われる奴も……」

「ボイス・チェンジャーを使ってたんだね？」

「そうなんだ。おれは、そのことに妙に引っかかってるんだよ。それから、おまえだけじゃなく、本多も誰かに陥れられそうになったこともな」

「本多がどうかしたの？」

「あいつ、誰かに事実無根の密告電話をされたらしいんだ。そいつは本多の直属の上司に電話して、彼が押収品の覚醒剤を持ち出し、売り捌こうとしてると告げ口したというんだよ」

「本多の奴、なぜ、おれには黙ってたんだろう？」

「牧野に余計な心配をかけたくなかったんだろうな」

「それにしても、水臭いじゃないか。おれたちは、きのうきょうのつき合いじゃないんだぜ」

「だからさ。それだから、同期の牧野の気を揉ませたくなかったんだろう。それはともかく、密告電話をかけた奴もボイス・チェンジャーを使ってたことがなんか気になるな」

「おれたち三人を謎の男が窮地に追い込もうとしてるんだろうか」

「そう考えられないこともないな」

朝比奈が言って、緑茶をひと口飲んだ。

「そっちが捜査中の誘拐事件の犯人グループは、すぐに麦倉美容整形外科医院の院長に身代金を要求してこなかったって話だったよな？」

「そう。だいぶ経(た)ってから一億円の身代金を用意しておけと言ってきたんだが、結局、金は受け取らなかったんだ。警察が動いてるからとペナルティーの五千万円を上乗せしろと命じたきり、その後は人質の両親に何も言ってこないんだよ」

「身代金一億五千万円は最初っから受け取る気がなかったんじゃないのかな。捜査当局を翻弄(ほんろう)させて面白がってるだけとも思えるが、どうなんだろう？」

「そうなんだろうか。おまえと本多が窮地に立たされたことを考えると、誘拐犯グループのリーダーは、このおれに失態を演じさせたいと思ってるんじゃないのか。そんな気がしてきたな」

「そうだったとしたら、おれたち三人は過去のことで誰かに恨まれてるんだろうな」

「ああ、多分ね。しかし、思い当たる奴がいないんだよ。本多もそう言ってた。牧野はどうだ？」

「すぐに思い当たる人物はいないな」

「そうか」

「話は違うが、堺の入院先には渋谷署の者が張りついてるの？」

「若い制服が二人、病室の前に立ってるらしいよ。堺を仕留め損なった犯人が、また支店長を襲うかもしれないんでな」

「それは考えられるね」

「まだ職務中なんで、引き揚げるよ」

「そうか」

　牧野は立ち上がって、朝比奈を見送った。

　テーブルに戻ったとき、脈絡もなく九年前のことを思い出した。警察学校で同期だった永井秋人の顔が脳裏に浮かんだ。

　牧野たち三人は警察学校に在学中、よく永井と飲食を共にした。埼玉県出身の永井は十年前に新宿署の暴力団係刑事になった。彼らマルボウは情報を得る目的で、しばしば組の幹部たちと一緒に飲み喰いをする。

　といっても、捜査費は少ない。刑事たちは自腹で暴力団幹部をもてなす。接待するのは、たいてい庶民的な居酒屋だ。

　接待された側は返礼のつもりで、刑事たちを高級クラブや鮨屋に案内する。そういうことが度重なると、次第に打ち解けてくる。

　永井は気がいい。暴力団幹部たちに奢られ放しでは気が引けたらしく、手入れに関する情報を流すようになった。

牧野たち三人はそのことを知り、永井に暴力団との黒い関係を断ち切れと忠告した。しかし、永井は耳を貸そうとしなかった。

その半年後、彼は懲戒免職になった。本庁警務部人事一課監察が永井を密かにマークし、ある広域暴力団の二次団体から金品を受け取っていた証拠を押さえたのである。

永井は、牧野たち三人が相談の末に彼を内部告発したと勘違いした。職を失った彼は酔った勢いで、ちょくちょく牧野、本多、朝比奈の職場に現われ、厭味を口にした。そういうことが十回近く繰り返された。

その後、永井は幾つかの民間企業を転々とし、三年前からブランド物の並行輸入業に携わっている。風の便りによると、神田にオフィスを構えて二十数人の社員を使っているらしい。

社名は聞いて知っていた。永井が昔のことで勘違いしたまま、自分たち三人をいまも逆恨みしているのか。

牧野は探りを入れてみる気になった。ＮＴＴの電話番号案内係に永井の会社の代表番号を教えてもらい、すぐにコールしてみた。

電話口に出たのは女性社員だった。牧野は名乗って、社長に替わってもらった。

「警察学校で同期だった牧野？」

永井が懐かしそうな声で確かめた。

「そうだよ。しばらくだな。事業、うまくいってるみたいだな」

「おかげさまで。日本人はブランドに弱いから、フランスやイタリアで買い付けた服、時計、洋服、バッグ、靴のどれもがよく売れるんだよ。大型スーパーやディスカウントショップに納入してるだけじゃなく、ネット販売もしてるんだ。現地で巧妙な模造品を摑まされて大損したことが一度あるけど、すぐマイナスは埋められたよ。ちょっとデザインの古くなったイタリア製の高級靴がさ、二千円程度で仕入れられるんだ。それを一万円以上で卸してるんだから、笑いが止まらないよ」

「小売店は、一万円前後のマージンを乗っけてるんだろ？」

「ああ、そうだよ」

「ブランド品の仕入れ原価を知ってたら、ばからしくて買う気が起こらないな」

「そう言わずに、どんどん買ってくれよ。それはそうと、九年前は見苦しいことをしてしまった。てっきり牧野たち三人が、桜田門の人事一課監察におれのことを密告ったと思ってたんでな」

「おれたちは告げ口なんかしなかった」

「そうだったんだよな。とかく悪い噂があったんで、監察が独自におれを前々からマークしてたことがわかったんだ」

「そうなのか」

「おまえたち三人を憎んで、さんざん悪態をついちゃったよな。おまえらにきちんと謝罪しなけりゃと思ってたんだが、なんとなくカッコ悪くてさ。後れ馳せながら、謝るよ。密告者と疑ったりして、ごめんな。勘弁してくれないか」

「もう昔のことさ」

「牧野は、いまどこの所轄にいるの？」

「おれは、もう警察官じゃないんだ。数年前に親父が脳卒中で倒れたんで、家業の大衆食堂を継いだんだよ」

「そうだったのか。親父さんの後遺症は重いのか？」

「右半身の自由が利かなくなってしまったんだ。自分では庖丁を握れなくなったんで、おれのコーチを務めてるよ」

「何かと大変みたいだな。でも、頑張れや」

「ああ」

「朝比奈は、もう本庁の捜一あたりにいるんだろうな？」

「彼は渋谷署の刑事課強行犯係だよ」

「まだ所轄にいるのか。もったいないなあ。朝比奈は優秀なのにな。本多は？」

「池袋署の生安課にいるよ」

牧野は答えた。

「そう。一度、おまえら三人と飲みたいな。会って直に詫びたいから、おまえら三人の都合がついたら、ぜひ連絡してくれよ」

「ああ、わかった」

「暴力団と癒着してたことが表沙汰になってたら、いまごろおれは裏社会で生きてただろうな。警察は身内の不祥事を揉み消す体質があるんで、おれは起訴されることもなかった。職を失うだけで済んだわけだから、運がよかったと思ってるよ。ただな、自分が犯罪行為に及んでしまったことは紛れもない事実だから、いつも後ろめたさを感じてる」

「そういう気持ちを保つことで、罪の償いはできるんじゃないのかな」

「牧野はちっとも変わってないね。心優しくて、他人の憂いにも敏感だ」

「おだてても、高いブランド品なんか買わないぞ。仕入れ値が驚くほど安いんで、おれは呆れてるんだ」

「買うことはないさ。おまえらと会うとき、ロレックスの腕時計を三個持っていくよ。九年前に三人に迷惑をかけたから、そのお詫びのしるしにな。受け取ってくれるよな？」

「いや、そんな高価な物は受け取れない。多分、朝比奈も本多も受け取らないだろう」

「おまえら三人は、そういう奴らだよな。なら、一杯奢るだけにしよう。牧野、必ず連絡してくれ。待ってるぞ」

永井が言って、通話を切り上げた。

牧野は、永井を怪しんだことが恥ずかしかった。もともと彼は本音を隠したり、駆け引きできる性格ではない。屈託のない対応に何か裏があるとは考えられなかった。

牧野は店を閉めてから、堺の入院先に行ってみることにした。三十分ほど休憩してから、夕方の仕込みに取りかかった。

妹の京香が手造りのチラシを持って店にやってきたのは、夕方だった。デザインと宣伝文句も気に入った。

「どうかしら？」

「これでいいよ」

「それなら、明日、ポスティングするね」

「よろしく頼む！」

牧野は手早く五種類の惣菜を包み、妹に持たせた。

ささやかな謝礼のつもりだった。京香は恐縮しながら、嫁ぎ先に戻っていった。

午後六時を過ぎると、店は客で立て込みはじめた。

牧野は母の手を借りながら、いつものようにてきぱきと注文を捌いた。いつの間にか、父が斜め後ろの椅子に腰かけて息子の手許をじっと見ていた。

しかし、何も口は出さなかった。少しは腕が上がったのか。

牧野は閉店後、軽乗用車で堺の入院先に向かった。

支店長は救急病院の新棟の七階の個室に入っている。牧野は車を駐車場に置き、エレベーターで七階に上がった。

すでに面会時間は過ぎていた。しかし、どうしても堺を問い詰めたかった。彼は、謎の脅迫者の正体を知っているような気がしてならない。

ナースステーションの前をどう抜けるか。

牧野はエレベーターホールの端から、廊下の奥を覗いた。制服警官の姿は見当たらない。牧野は身を屈めて、看護師詰め所の前を通過することにした。

ナースステーションの様子をうかがっていると、休憩室から荏原署の曽我刑事がやってきた。牧野は挑むような気持ちで、曽我を見据えた。

「そんなおっかない顔しないでくださいよ」

意外にも、曽我の表情は和やかだった。

「こっちが百万円をネコババしたんじゃないことがやっとわかったようだな?」

「そうなんですよ。堺さんが円山町の路上で撃たれたと知って、われわれは渋谷署から初動捜査情報を入手したんです。それで、堺さんが女装趣味の件で脅されて、牧野さんを罠に嵌めろと強要されたことがわかったんですよ。あなたを被疑者扱いしてしまって、申し訳ありませんでした。どうかお赦しください」

「そんなふうに謝られたら、赦すほかないな」

「ありがとうございます。相棒の安東も深く反省してますので、どうか穏便(おんびん)に……」

「水に流しましょう。ここで張り込んでるのは、また堺さんが命を狙われるかもしれないと思ったからなんですね？」

　牧野は訊いた。

「ええ、まあ」

「堺さんは、おたくにも謎の脅迫者の正体に心当たりはないと言ったんですか？」

「そうなんですよ。牧野さんにも、そう言ったようですね。しかし、そちらは堺支店長は何かを隠してる。そう睨んだんで、堺さんを問い詰めることにした。そうなんでしょ？」

「正体のわからない脅迫者は、わたしを犯罪者に仕立てようとしたんです。自分で事件の真相に迫(せま)ってみたいと思うのは、当然でしょう？」

「お気持ちはわかりますが、もう牧野さんは民間人なんです。捜査は、われわれ現職に任せてくれませんか。渋谷署の制服警官たちと安東刑事は食事を摂(と)りに行ってますが、堺さんの病室に近づく不審者がいたら、われわれが必ず取り押さえますよ。ですから、牧野さんは引き取ってください」

「堺支店長に十分だけ会わせてくれませんか?」

「被害者は眠ってます。痛み止めの薬には睡眠薬が入ってるとかで、堺さんはほとんど一日中うつらうつらとしてる状態なんですよ」

曽我が言った。

「支店長はわたしに濡衣を着せたことを悪いと思ってるでしょうから、背後にいる奴のことを話してくれるかもしれないんです。十分が無理なら、五分でもいい。堺との面会を認めてくださいよ」

「それは困る。お帰りください」

「四角四面だな」

牧野は言葉に毒を含ませ、曽我刑事に背を向けた。

第五章　苦い誤算

1

インターフォンを鳴らす。

モデルの山名麻衣の自宅マンションだ。八階建てだった。

朝比奈駿は少し退がった。『太平食堂』を訪ねた翌日の午後三時過ぎである。

それまで朝比奈は麦倉宅にいた。しかし、誘拐犯グループからは何も連絡がない。

犯行の狙いは、身代金ではないのではないか。そういう読み筋が強まったので、朝比奈は単独で麻衣の自宅を訪ねたわけだ。代々木二丁目だった。

「どなたかしら？」

スピーカーから、若い女性の声が洩れてきた。

「渋谷署の朝比奈といいます。あなたは山名麻衣さんですね？」

「ええ、そう」

「ちょっとうかがいたいことがあるんですよ。捜査にご協力願えませんか」

「いま、ドアを開けるわ」

「はい」

朝比奈は居住まいを正した。

じきに七〇三号室の玄関ドアが開けられ、部屋の主が姿を見せた。朝比奈は警察手帳を呈示しながら、さりげなく麻衣の顔を見た。確かに高い鼻は少し形が歪んでいる。

「どうせ整形手術の件なんでしょ?」

「ええ、まあ」

「中に入って。マンションの入居者に話を聞かれたくないの」

「わかりました。それでは、お邪魔します」

朝比奈は玄関の三和土に足を踏み入れ、後ろ手にドアを閉めた。

「渋谷署の刑事さんに、わたしが麦倉美容整形外科医院の院長を告訴してることは話しましたよ」

「ええ、部下から報告を受けています。きょうは確認したいことがあったので、うかがったんですよ」

「そうなの」

「あなたは手術結果に満足できなくて、院長にオペをやり直してほしいと言ったそうですね？」

「ええ、そうよ。当たり前でしょ、手術前よりもわたしの鼻は不恰好（ぶかっこう）になってしまったわけだから。こんな鼻にさせられたんで、モデルのオファーが激減しちゃったのよ。高い手術代を払ったのに、収入は大幅に減ってしまった。だからね、麦倉院長に無料で再手術をしろって要求したの」

「しかし、まともに取り合ってもらえなかった？」

「そうなのよ。院長は手術は成功したと言い張って、どんな人間も目や鼻はシンメトリーにはなっていないんだと反論したの。それはその通りなんだろうけど、わたしの場合は形が極端にアンバランスになっちゃったでしょ？」

「そうかな」

「麦倉院長が素直に手術ミスを認めて、気持ちよく再手術してくれてたら、話は拗（こじ）れなかったのよ。院長は自分にはまったく非がないと言い切って開き直ったから、わたし、頭にきちゃったの」

「病院関係者の証言によると、あなたは麦倉院長を待ち伏せして、刃物をちらつかせたようですね」

「そのことは認めるわ。もちろん、本気で院長を傷つける気なんかなかったわ。ちょっとビビらせたかったのよ。それにナイフの刃渡りは六センチ以下だったから、銃刀法違反にはならないはずだわ」

　麻衣が言った。

「法律に明るいんだな。院長の娘にもつきまとってたという証言があるんだが、それについてはどうなのかな？」

「帽子とサングラスで顔を隠して、麦倉陽菜を何度か尾けたことはあるわ。でも、院長の娘に乱暴なことはしてません。麦倉のひとり娘に心理的な恐怖心を与えたかったのよ」

「院長が再手術をする気になると思ったわけだ？」

「ええ、そうなの。でも、逆効果でした。麦倉院長は態度を硬化させて、わたしが電話をしても無言で切るようになったの。だから、わたしも意地になって、院長を告訴したんですよ」

「部下の聞き込み捜査によると、きみの知り合いの芸能レポーターの柿本正宗が麦倉院長から口止め料を脅し取ろうとしたようだね？」

「そのことは、わたし、知らなかったの。ほんとよ。柿本さんが恐喝未遂で書類送検されたって聞いて、びっくりしたわ」

「部下の調べでは、柿本は引退して郷里の奈良県に帰ったそうだ」

「そういう噂はモデル仲間から聞いてるけど、わたしは柿本さんが逮捕されてから一度も接触してないのよ」

「そう」

「モデル仲間から聞いた話だと、麦倉のクリニックは金儲(もう)け主義で、いろんな整形手術を次々にやらせてるらしいんです。その結果、逆にひどい顔やボディーにされた女性がたくさんいるそうよ。それで十人近い娘(こ)が麦倉院長を訴えたらしいんです。その話を聞いて、わたしも麦倉を告訴する気になったの」

「裁判には時間と金がかかると思うが、よく告訴に踏み切る気になったね」

「女にだって、意地があるわ。このまま泣き寝入りしたら、癪(しゃく)でしょ？」

「それはそうでしょうね」

「あなたの部下が麦倉陽菜は何か事件に巻き込まれたと言ってたけど、わたしが疑われてるわけ？」

「単なる事情聴取ですよ」

「だけど、少しはわたしのことを怪しんでるんでしょ？　それだから、ここに来たのよね」

「われわれは一応、被害者と何らかの関わりのある人物すべてを洗ってるんですよ。それが捜査の基本なんでね。だからといって、やたら疑ってるわけじゃない」

「なんだかうまく逃げられたような気がするけど、ま、いいわ」

「モデルの仕事が減ったというのに、弁護士には相当の費用を払わなくちゃならない。何かと大変だね」

「金銭的にはきついわ。でも、麦倉にどうしても謝罪させたいのよ。だから、わたし、これまでは断りつづけてた下着のモデルの仕事もやろうと思ってるの。それから、スーパーのチラシ広告のモデルもね。モデルとしての格は下がっちゃうけど、裁判に負けたくないから、死ぬ気で頑張るつもりよ」

「逞しいんだな」

朝比奈は言った。

「わたし、負けず嫌いなの。容姿コンプレックスで悩んでる女性たちを喰い物にしてる美容整形外科医は誰かがやっつけてやらなければ、溜飲が下がらないでしょ？」

「そうかもしれないが、そこまでやる女性は多くないと思うな」

「刑事さんの言い方、ちょっと気に入らないな。わたしが麦倉院長のひとり娘を誰かに誘拐させて、多額の身代金をぶったくろうとしてるとでも思ってるのかしら？」

「部下もわたしも、麦倉陽菜が何か犯罪に巻き込まれたと言っただけなんだがな」

「えっ⁉　それじゃ、院長の娘は誰かに誘拐されちゃったの？」

麻衣は驚きを隠さなかった。

「その質問には答えられないな」

「わたし、誰にも麦倉陽菜をさらわせてなんかないわよ。そんなことをして捕まったら、人生、おしまいだもの」

「そうだね」

「わたしのことを信じて！　麦倉院長のことは憎んでるけど、そんな愚かなことはしてないわ」

「そう」

朝比奈は言いながら、麻衣の顔を見据えた。

麻衣は一瞬も目を逸らさなかった。嘘をついている顔つきではない。心証はシロだ。

「少しでも怪しいと思ってるんだったら、わたしの部屋を検べてちょうだい。どこにも人質なんか監禁してないし、誘拐を引き受けるような知り合いの男性もいないわ。なんなら、スマホの登録者をひとりずつチェックしてもらってもいいわよ」

「そこまでする気はない。どうもありがとう！」

朝比奈は礼を述べ、麻衣の部屋を出た。

賃貸マンションを出て、レンタカーのアリオンに乗り込む。すぐに朝比奈は渋谷の麦倉宅に引き返した。

居間には麦倉夫妻と三人の部下が顔を揃えていた。五人とも不安顔だった。部屋の隅には身代金の一億五千万円が用意されている。

「犯人側は何も指示してきません」

佐橋が報告した。朝比奈は黙ってうなずき、伴と戸室の間に坐った。

「いま、お茶を淹れ直します」

院長夫人が言った。

「もうお気遣いなく」

「でも……」

「どうぞそのままお坐りになっててください」

朝比奈は千鶴に言って、セブンスターをくわえた。ふた口ほど喫いつけたとき、院長の麦倉が朝比奈に顔を向けてきた。

「わたしは、モデルの山名麻衣が主犯格かもしれないと思いはじめてるんだが……」

「実は、山名麻衣の自宅マンションに行ってきたんですよ。彼女は手術の件で麦倉さんに悪感情を懐いてましたが、心証はシロでした」

「彼女は、事件には関わってないようだったんだね？」

「ええ」

「女は涼しい顔で嘘をつくもんだ。山名麻衣が言ったことを鵜呑みにしてもいいもんだろうか」

「確かに平気で嘘をつく女性はいますよね。しかし、こちらは多くの犯罪者と接してきました。心に疚しさのある相手は、ちょっとした仕種でわかるものです」

「おたくは、まだ四十前後だよね。老練刑事じゃあるまいし、それは少し自信過剰というもんじゃないのか」

「うちの係長の眼力は署内でピカイチなんですよ」

伴刑事が憮然とした表情で麦倉に言った。

「五十前の男なんて、まだ小僧っ子さ。それほど眼力があるわけない」

「お言葉を返すようですが、朝比奈警部はあなたよりも人間観察力はあると思います」

「きみは上司を庇って、点数を稼ぎたいらしいな」

「いまの言葉、撤回してください。無礼ですよっ」

「怒らせてしまったか。くっく」

麦倉は意に介さなかった。伴が気色ばんだ。

朝比奈は目顔で伴をなだめ、人質の父親を直視した。

「わたしはまだ小僧っ子かもしれませんが、山名麻衣は事件には関与してないでしょう」

「そうなのかね。彼女は手術のことでわたしに難癖をつけて、刃物を向けてきたんだよ。その上、こちらを告訴した。山名麻衣は裁判では勝ち目がないと考え、知り合いの男たちに娘の陽菜を誘拐させたんじゃないのかな」

「臆測や推測だけで、そこまで言うのは問題ですね」

「そうだろうか」

麦倉は不服げだった。千鶴が夫の膝に手を置き、目顔で窘めた。麦倉は何か妻に言いかけたが、口を噤んだ。

「話題を変えましょう。犯人グループは、一刻も早く身代金を手に入れたいと考えてるわけじゃないのかもしれません」

「そんな感じですね」

先に口を開いたのは院長夫人だった。

「営利目的の誘拐だとしたら、犯人側はもっと早く身代金の受け渡し場所を指示してくるはずです」

「ええ、そうでしょうね。お金が狙いじゃないとしたら、怨恨なんでしょうか？」

「そう考えたほうがいいと思います」

「しかし、わたしたち夫婦も娘の陽菜もそこまで他人に恨まれてるとは思えません」

「先日も、そうおっしゃってましたね。ですが、逆恨みということもあります。それから、成功者のご主人が誰かに妬まれてる可能性も否定はできないでしょう」

「犯行動機が逆恨みか妬みだったら、娘は危害を加えられるんじゃないかしら？　最悪の場合は殺されることに……」

「そんなことは考えるべきじゃない」

　麦倉が妻を叱りつけた。

「だけど、考えられないことじゃないでしょ？」

「千鶴、希望を捨てちゃ駄目だ」

「ええ。陽菜は犯人グループに手荒なことはされるかもしれないけど、殺されたりしないわよね」

「陽菜は、無事にこの家に戻ってくるさ。戻ってくるとも」

「そう思っていなければ、頭が変になりそうだわ」

　千鶴が指先でこめかみを押さえ、下を向いた。

　その直後、コーヒーテーブルの上で固定電話が鳴った。院長夫婦が、にわかに緊張する。

「われわれがイヤホンを装着してから、受話器を取ってください」

　朝比奈は麦倉に言って、三人の部下に目配せした。

　最初に逆探知装置の前に坐った佐橋が、イヤホンを耳に突っ込んだ。朝比奈も倣った。伴が麦倉に合図を送る。

　人質の父親が小さくうなずき、ゆっくりと受話器を摑み上げた。朝比奈は耳に神経を集めた。

すぐに緊張感が緩んだ。電話をかけてきたのは、老舗デパートの外商部の男性社員だった。相手は上客におもねるような言葉を並べ、京友禅の着物の売り込みに入った。

「いま、取り込み中なんだ。いや、身内に不幸があったわけじゃない。とにかく、一週間ぐらい電話は控えてくれ」

麦倉が素っ気なく応じ、受話器をフックに戻した。

朝比奈は佐橋刑事と顔を見合わせ、小さく苦笑し合った。それから間もなく、彼の刑事用携帯電話が着信音を発しはじめた。

発信者は能塚課長だった。朝比奈はイヤホンを外し、居間を出た。廊下にたたずみ、ポリスモードを耳に当てる。

「犯人グループは、まだ何も言ってこないのか？」

「ええ」

「朝比奈君、これは営利目的の犯行じゃないね」

「課長もそう感じられましたか。実はわたしも、犯行動機は怨恨ではないかと思いはじめてたんですよ。それで、少し前にモデルの山名麻衣に会ってきたのですが……」

「クロではなさそうなんだね？」

「そういう心証を得ました」

「クリニックに出入りしてる医療機器メーカーや製薬会社の社員たちと麦倉院長が揉

めたことは？」

「それはないという話でした。ただ、院長が半ば強引に必要もない美容整形手術をしたことに不満を感じてる患者は結構いるようです。それから、手術ミスもあったのかもしれませんね」

「病院関係者から情報を集めて、そういう者たちをリストアップし、それぞれの動向を探るべきなんじゃないのかな」

「そうします。それはそうと、『ＳＩＴ』のメンバーには待機してもらってますよね？」

「ああ。前回の二人が署でスタンバイしてるよ」

能塚が先に電話を切った。

朝比奈はポリスモードを懐に戻すと、伴と戸室を廊下に呼んだ。そして、麦倉院長の手術に納得していない患者を調べ出すよう指示した。

二人の部下は、すぐさま麦倉美容整形外科医院に向かった。院長はクリニックに顔を出していなかったが、二人の勤務医が手術をこなしていた。

朝比奈は居間に戻った。

犯人側から連絡があったのは午後六時過ぎだった。朝比奈は例によって自分と佐橋がイヤホンを装着してから、麦倉に受話器を取らせた。

「はい、麦倉です」

「あんたの娘を預かってる者だ」

　相手の声は聞き取りにくかった。ボイス・チェンジャーを通した男の声は低い。

「一億五千万は、とっくに用意してある。なんで早く連絡をくれなかったんだっ」

「迷いが生まれたんでね」

「どういう意味だ？」

「迷いというよりも、気が変わったと言ったほうがいいかもしれないな。あんたから一億五千万円をせしめても、気持ちよく散財できないだろう」

「だから、どうしろと言うんだ？」

「学校でいじめられて、十代で自殺した中学生や高校生がいるよな。そういう不幸な死に方をした子の遺族を調べ出して、十五軒にそれぞれ一千万円ずつ香典を渡してやれ。そうすれば、娘は無傷で返してやるよ」

「縁も縁もない赤の他人に一千万円ずつカンパする気はないっ。用意した一億五千万円は、あくまでも陽菜の身代金だ。それ以外には遣う気はない」

「そうか。なら、わたしがいったん身代金を受け取って、気の毒な遺族に配ろう」

「義賊を気取ってるつもりだろうが、あんたは卑劣漢だ。力の弱い若い女を引っさらって、身代金を要求してきたんだからな」

「わたしの神経を逆撫でするると、人質が痛い目に遭うぞ。それでもいいのかっ」

「悪かった。つい感情的になってしまったんだ。謝るから、陽菜に荒っぽいことはしないでくれ」

「他人に何か頼むのに命令する気かっ」

「短気を起こさないでくれ。いや、起こさないでください。どうか娘にはひどいことはしないでくれませんか。お願いします」

「最初から、そう言うべきだったな」

「おっしゃる通りです。それで今夜、陽菜を解放していただけるんでしょうか？」

「ああ、返してやろう。午後八時に奥さんに身代金を渋谷の宮下公園まで運ばせろ。ほぼ中央のベンチの上に一億五千万円を置いたら、すぐに公園から出るよう伝えるんだ。いいな？」

「わかったよ。いや、わかりました。それで、娘はいつ返してもらえるのでしょう？」

「仲間が身代金を回収したら、園内の樹木に人質を縛りつけておく」

電話が切られた。

「逆探知に成功しました。豊島区千早二丁目××番地にある公衆電話ボックスです」

佐橋が早口で報告した。

朝比奈は、ただちに課長にそのことを電話で伝えた。課長は池袋署に協力を求めることを告げ、待機中の『ＳＩＴ』の二人を麦倉宅に急行させると言った。

朝比奈は通話を切り上げ、麦倉夫妻と段取りを決めた。
『SIT』の二人が到着したのは数十分後だった。午後七時には宮下公園内に張り込むことにな
った。支援要員たちは路上生活者を装って、二人が辞去してから、朝比奈は伴と戸室を被害者宅に呼び戻した。
院長夫人のアウディに身代金を積み込んだのは七時十五分ごろだった。一億五千万
円は、二つのキャスター付きのキャリーケースに分けて入れてある。
アウディが発進したのは、ちょうど七時半だった。朝比奈はレンタカーの後部座席
に部下の伴と戸室を乗せ、千鶴の車の後を追った。佐橋は麦倉宅に残った。
宮下公園はJR渋谷駅の近くにある。線路沿いに設けられた細長い公園だ。だいぶ
前からホームレスが住みついている。そのせいか、夜間の利用者は少ない。
アウディが公園の際に停まったのは、七時五十分ごろだった。朝比奈は特殊無線を
使って、『SIT』の二人が張り込んでいる場所を確認した。
どちらも、ほぼ中央にいた。不審者は見当たらないという。
朝比奈は二人の部下を先に園内に潜らせた。
それから、千鶴に身代金を運ぶよう指示した。院長夫人を護衛する形で、公園に入
る。千鶴は両手でキャスター付きのキャリーケースを引っ張り、身代金をベンチの上
に置いた。彼女は腕時計を見ながら、八時二分過ぎに自分の車に戻っていった。

朝比奈は特殊無線を用いて、部下たちと身代金の置かれたベンチを取り囲んだ。『SIT』の二人は、三人の両側に身を潜めていた。

十分が流れ、二十分が経過した。

それでも、ベンチに近づく人影は目につかない。また、犯人グループは身代金を回収しないのではないか。

八時半になった。

朝比奈は何か禍々しい予感を覚えた。中腰で移動し、園内の灌木の間を覗き込む。公園の西側の植え込みの陰にマネキン人形のような物体が横たわっていた。衣服は着ている。

朝比奈は近づき、ペンライトを点けた。

転がっていたのは麦倉陽菜の絞殺体だった。その首に深く喰い込んでいるのは、見覚えのある縄だ。よく見ると、灰色の捕縄だった。

半月ほど前、朝比奈は署のロッカーに入れてあった同色の捕縄を何者かに盗まれている。誘拐グループの主犯は営利目的の犯行と見せかけ、最初っから自分に陽菜殺しの濡衣を着せるつもりだったのではないか。

朝比奈はそう思い当たり、全身が粟立った。

警察学校で同期だった牧野と本多も犯罪者に仕立てられそうになった。陽菜を誘拐した犯人グループの中に、自分たち三人を逆恨みしている者がいるにちがいない。

それは、どこの誰なのか。すぐに思い当たる人物はいなかった。

朝比奈は特殊無線を使って、二人の部下と『ＳＩＴ』のメンバーに人質の死体を発見したことを告げた。

実に忌々(いまいま)しい気持ちだった。人質を救出できなかったことで、自責の念にもさいなまれはじめた。

2

離婚届が差し出された。

すでに妻は署名捺印(なついん)済みだった。

本多貴之は、コーヒーテーブルの上の離婚届から反射的に目を逸らした。

自宅マンションの居間だ。午前九時半過ぎだった。出勤しかけたとき、妻の圭子が帰宅したのである。

「早く署名して、判を捺(お)してちょうだい」

「おれたちは、もう一度ちゃんと話し合う必要があるんじゃないのか」

本多は言った。

「もうやり直しはできないのよ、わたしたちは」

「そうかな」

「まだ世間体を気にしてるのね。あなたは、先に妻であるわたしを裏切ったのよ。それも元風俗嬢に熱を上げるなんて、侮辱だわ。浮気相手があらゆる面で妻よりもワンランク上というなら、諦めもつくわよ。でも、相手は薄汚い仕事をしてた小娘じゃないの。どうしても赦せないわ」

「風俗嬢をやってたからって、心根まで腐ってしまったわけじゃない。心はピュアな娘だっているんだ」

「不倫相手を庇うのね。だったら、さっさと別れてよ」

「別におれはきみが嫌いになったわけじゃない。真沙美に心を奪われたことは確かだが、年齢差もあるから、この先もずっと同じ気持ちでいられるかどうかは……」

「ふざけたことを言わないで！　あなたはね、妻のプライドと女心を踏みにじったのよ。単なる浮気に終わるかもしれないから、目をつぶれですって⁉　冗談じゃないわ」

「そっちだって、お気に入りのホストと……」

「わたしに腹いせをさせたのは、あなたでしょうが！」

「そうなんだが、結果的には夫婦の双方が背信行為をしたわけだ。お互いにそのことを赦し合えば、おれたちは元の鞘に収まれるかもしれないじゃないか。圭子、もっと時間をかけて、じっくりと話し合おう」

「男らしくないわね。呆れた。あなたは世間体を繕（つくろ）いたいんだろうけど、わたしはもう気持ちを固めたの。誰がなんと言おうと、あなたとは別れるわ」

「おれは、すぐには離婚届に署名捺印はできない」

「慰謝料は一円もいらないから、この場でサインしてよ」

「それはできない」

「どこまでわたしを苦しめれば、気が済むのっ」

「とにかく、何日か冷却期間を措（お）こう。そうすれば、考えが変わるかもしれないから」

「変わらないわ、わたしのほうは」

「この離婚届は一応、預かっておく」

「一週間以内に署名捺印して、それをわたしの実家に書留（かきとめ）で郵送してちょうだい。こちらの要求を無視したら、裁判を起こすわよ。あなたが若い愛人を作ったことで、夫婦関係が崩壊したのだから、勝ち目はこちらにあるわ」

「そこまでやらなくてもいいじゃないか」

「わたしはね、もうあなたの顔も見たくないの！」

圭子がリビングソファから立ち上がり、隣の洋室に入った。貴重品や着替えなどをバッグに詰める気なのだろう。

本多はラークに火を点けた。

紫煙をくゆらせていると、岳父の田畑の顔が脳裏に浮かんだ。かつての上司の愛娘を傷つけてしまったことで、顔向けできない気持ちだった。

岳父が自分に対して、失望と憤りを感じていることは察せられる。圭子の父親に泣きついたところで、もう力にはなってもらえないだろう。第一、そんな不様なことはしたくない。

さて、どうするか。

妻に対する未練はなくもない。しかし、それよりも離婚に伴うマイナスイメージに拘る気持ちが強かった。といって、世間体を気にして、ぎくしゃくとした夫婦関係をつづけることも苦痛だろう。

本多は迷いに迷った。

短くなった煙草の火を揉み消したとき、洋室から妻が出てきた。両手にキャリーケースを提げている。どちらも膨らんでいた。

「裁判所で顔を合わせたくなかったら、ちゃんと離婚届を送ってよね」

圭子は背を向けたままで冷然と言い、部屋から出ていった。

もう修復はできないだろう。本多は確信を深め、真沙美に電話をかけた。待つほどもなく電話は繋がった。

「例の開業資金の件だが、とりあえず三百万ほど先に渡しておくよ」

本多は言った。預金は三百四十万円ほどあった。

「三百万円を先に？」

「残りの七百万円はなんとかする。だから、手頃な貸店舗があったら、手付金を打てばいい」

「ありがとう」

「きょうはバイト、遅出だったよな？」

「うん、そう」

「午前中に三百万を届けるよ。だから、部屋で待っててくれないか」

「わかったわ。貴之さん、好きよ」

「おれもだよ。それじゃ、後でな！」

本多は通話を切り上げ、ほどなく自宅を出た。

最寄りの私鉄駅まで歩き、駅前の銀行で三百万円を引き出す。本多は札束の入った袋をショルダーバッグの中に突っ込み、タクシーに乗った。

ショルダーバッグの中には、盗み出した約六キロの覚醒剤が入っている。きょう中に押収品保管室に戻すつもりだ。

二十数分で、『中野グランドパレス』に着いた。

本多は九〇三号室に入った。すると、真沙美が幼女のように全身で飛びついてきた。その両腕は本多の首に回されていた。両脚は胴を挟みつけている。

真沙美はせっかちに顔を重ね、本多の唇を貪った。二人は玄関で、ひとしきりディープキスを交わした。

居間に移ると、本多は三百万円の収まった銀行の白い袋を真沙美に手渡した。

真沙美は帯封の掛かった札束を抜き出し、嬉しそうに頬擦りした。

「このお金、大切に遣わなきゃね」

「ああ、そうしてくれ」

「これ、貴之さんの個人的なお金だったんじゃない？」

「そうなんだが、別にいいんだ。近いうちに妻と別れることになるだろうから、貯えなんて必要ないんだよ」

「わたしのことがバレちゃって、奥さんと駄目になっちゃったのね？」

「それだけじゃないんだ。物の考え方というか、価値観が妻とは違ってたからな。いずれ、衝突するとは思ってたんだ」

「でも、お巡りさんが離婚したら、何かと不利になるんでしょ？」

「どうってことないさ。もともと出世欲はあまりないほうだから、マイペースで生きるよ」

「なんか悪いことをした感じだな、わたし」

「真沙美がそんなふうに思うことはないさ。おれ自身の意思で女房と別れる気になったんだし、渡した三百万もこっちが稼いだ金だからな」

「わたし、泣きそうだよ」

「え？」

「男の人にこんなに大事にされたことなかったから、嬉しくて……」

「これからは、もっと真沙美を大事にしてやるよ」

「幸せすぎて、なんだか怖いくらいだわ」

「明日からでも、物件捜しをはじめろよ」

　本多は言った。

「うん、そうする」

「残りの金は、できるだけ早く都合つけるよ」

「でも、あんまり無理しないでね」

「そんなふうに言われると、余計に張り切りたくなるな」

「残りのお金、何か当てがあるの？」

「うん、まあ」

「そう。ね、少し時間がある？　わたし、貴之さんに何か感謝の気持ちを示したいの」

「いいって、そんなの」

「ううん、よくない。わたしを抱いて」

真沙美が潤んだような目で囁き、三つの札束を銀行の袋に戻した。彼女はソファから立ち上がり、ベッドのある部屋に消えた。

本多は見えない糸に手繰られ、寝室に移動した。

ベッドに横たわった真沙美は一糸もまとっていなかった。瑞々しい裸身が眩い。本多は衣服とトランクスをかなぐり捨て、真沙美と胸を重ねた。

二人は狂おしく求め合った。

真沙美は三度も愉悦の極みに達した。本多は唸りながら、勢いよく放った。快い虚脱感を味わってから、手早くシャワーを浴びる。

真沙美の部屋を出たとき、圭子の父親から電話がかかってきた。

「いろいろ迷いはあるだろうが、離婚届に署名捺印してくれないか。圭子ときみは別々に生きるべきだよ」

「わかりました。一週間以内には、預かった離婚届に署名捺印して書留で送らせてもらうつもりです」

「そうか。本多君、よく決心してくれた。離婚届を区役所に提出したら、わたしときみは縁者ではなくなるわけだが、何か困ったことがあったら、いつでも遠慮なく相談してくれ」

「ありがとうございます」

「こんな結果になってしまったが、本多君を一方的に責める気はないんだ。圭子にも、きっと至らない点があったんだろう。だから、きみは若い娘に安らぎを求めたにちがいない」

「いいえ、わたしが悪いんですよ。大切なお嬢さんを悲しませ、辛い思いをさせてしまって、申し訳ありませんでした」

「もういいじゃないか。済んだことだよ」

「ええ、ですが……」

「しばらく辛いだろうが、元気で頑張ってほしいな」

「はい。いろいろご迷惑をかけました」

本多は詫びて、電話を切った。

地下鉄と山手線を利用して、職場に向かう。生活安全課の自席についたのは、午後一時過ぎだった。

「馬を内偵してるみたいですね？」

斜め前の席に坐った北條警部補が話しかけてきた。職場で反目し合っている同僚だ。

「おれを尾けてやがったんだなっ」

「そうじゃない。たまたま本多さんが馬の事務所に入っていくところを見たんですよ。福建マフィアたちを摘発する気なら、チームプレイでやらなきゃね。警察にスター刑事なんかいらないんだ。チームワークが大事なんですよ」

「おまえ、何か勘違いしてるな。おれが馬の事務所に行ったのは、ただの情報収集のためだ」

「それだけのためにわざわざ出向くかな。もしかしたら、馬に個人的な頼みごとがあったんですか？」

「そんなものはないっ」

本多は言い返して、口を引き結んだ。

北條がにやついて、机上の書類に目を落とす。本多は急に落ち着かなくなった。極上の覚醒剤を押収品保管室から盗み出したことを知られてしまったのか。

先日のことを思い出してみた。北條に不都合なシーンを目撃された覚えはなかった。考えすぎだろう。

馬は北條刑事を毛嫌いしている。彼が約六キロの覚醒剤のことを北條に洩らすとは思えない。しかし、北條は何か探りを入れているような口ぶりだった。

彼は波長の合わない本多の弱みを握りたくて、密かに行動をチェックしていたのか。北條のシンパが課内にひとりいる。その若い刑事に本多をマークさせていたのだろうか。考えられないことではない。

そうだとしたら、押収品保管室に忍び込む瞬間を北條のシンパに遠くから見られたのかもしれない。そう推測すると、本多は冷静さを失った。

一刻も早く無断で持ち出した約六キロの覚醒剤を元の場所に戻さなければならない。しかし、夕方までは押収品保管室には近づけなかった。地階の人影が疎らになるのは、午後五時以降だった。

「ちょっと聞き込みに行ってきます」

本多は百瀬課長に告げ、刑事部屋を出た。

池袋署の前で、さりげなく振り返る。北條に尾行されている気配はうかがえなかった。本多は駅の近くでラーメンを啜り、映画館に入った。上映されているのは、アメリカの近未来アクション映画だった。

設定そのものが荒唐無稽で、まともに観る気にはなれなかった。本多は腕組みをし、居眠りしはじめた。

目を覚ましたのは午後四時過ぎだった。

本多は映画館を出ると、同じ通りにあるティー&レストランに入った。ドライカレーとコーヒーを注文し、午後七時まで時間を潰した。

本多は肩にショルダーバッグを掛け、池袋署に戻った。

生活安全課には、二十代の刑事がひとりいるだけだった。本多は自分の席に坐り、ごく自然に最下段の引き出しを開けた。手製のピッキング道具、布手袋、五寸釘、瞬間接着剤を取り出し、ショルダーバッグに突っ込む。

「お先に！」

本多は若い同僚に声をかけ、刑事部屋を出た。

エレベーターで、地下一階に降りる。奥の霊安室の前に制服警官が立っていた。交通課の巡査だった。線香の匂いがうっすらと漂ってくる。事故死した者の亡骸が安置されているのだろう。

交通課の巡査がこちらを見ている。

「おっと、いけねえ。鍵をデスクに忘れてきちゃったな」

本多は自分の額を平手で叩き、階段の昇降口に足を向けた。署の通用口から外に出て、西池袋公園に足を踏み入れる。

本多は人目につきにくいベンチに腰かけ、時間を遣り過ごした。

じっとしていると、体が芯から冷えてきた。一時間も坐っていられなかった。

本多は公園を出て、近くのおでん屋に入った。

カウンターだけの店だった。本多は端の席に坐り、焼酎のお湯割りを頼んだ。おでんは、お任せの盛り合わせにした。

客は三人しかいなかった。女将は四十年配で、狸顔だった。どこかで会った気がするが、とっさには思い出せなかった。

有線から流れてくる演歌をぼんやりと聴きながら、本多はグラスを傾けた。おでんは、あまりうまくない。味付けが薄すぎる。

先客の二人が帰ると、女将が本多の前に立った。

「お客さん、池袋署の生安課の男性よね？」

「どこかで会ってたのか、やっぱり」

「二年前まで東口で、立ちんぼやってたマヤよ」

「あのマヤだったのか」

「おたくが刑事だとも知らずにさ、うっかり声をかけちゃったのよね」

「そうだったな」

「おたくは、あたしが四十近い年齢なんで、見逃してくれた。あのときね、あたし、もう街娼はできないって思ったのよ。それでね、ここの先代のママに居抜きで店を譲ってもらったの」

「そう。たいしたもんじゃないか」

「足は洗えたんだけど、真っ当な商売は儲からないわね。いろいろ経費を差っ引くと、あたしの手許には二十数万しか残らない月もあるの」

「それはきついだろうな」

「先代のママのおでんは味付けがよかったから、結構、繁昌してたのよ。あたし、先代のママに出汁の取り方なんかを教わったの。だけど、同じ味は出せないのよね。おでんの味、どう？」

「もう少し濃くてもいい気がするな。おれは秋田育ちだから、薄味は苦手なんだ」

「あたしは和歌山生まれだから、どちらかというと、味付けは薄いの」

「そうだね」

「おでんの味付けをもう少し濃くすれば、お客さんが増えるかしら？」

「と思うよ」

「あたし、頑張ろう。お店が赤字になったら、二階で座蒲団売春をしなくちゃならないからさ」

「まだ、そんなことを考えてるのか⁉　ちっとも懲りてないじゃないか」

　本多は、つい説教口調になった。

「冗談よ。あたし、もうじき満四十一歳になるの。ショート一万円にしても、客なんかつきっこないわ。五千円なら、遊ぶ気になる男がいるかもしれないけどね」

「さあ、それはどうかな」

「五千円でも高すぎる？」

「冗談だよ。一万円なら、客が行列を作ると思うな。しかし、もう体を売るのは……」

「わかってるって。もう引退したんだから、どんなに貧乏したって、売春なんかしないわ」

「いい心がけだ」

「なんか元気がないけど、職場で厭なことでもあった？」

マヤが訊いた。

「妻と別れることにしたんだ」

「浮気したんでしょ？」

「まあね」

「なら、奥さんに愛想尽かされても仕方ないわ。でもさ、落ち込むことはないわよ。世の中には、女がたくさんいるんだから」

「そうだな」

「でも、けじめはつけたほうがいいと思うわ」

「けじめ？」

「そう。浮気相手とも別れて、奥さんを裏切った償いはする。それが男の責任の取り方なんじゃない？　女房を傷つけっ放しじゃ、まずいわよ。それなりの償いをすることが、浮気をした亭主のけじめじゃないかな」

「考えてみるよ」

本多は、そうとしか言えなかった。妻に去られ、真沙美と別れることになったら、いっぺんに張りを失ってしまう。

「いい女が見つからなかったら、あたしが慰めてあげる。おたくは、あたしに立ち直るきっかけを与えてくれた恩人だからさ」

「そこまで持ち上げられたら、一杯奢らなきゃな。好きなものを飲ってくれ」

「それじゃ、焼酎のロックをいただくわ」

マヤが笑みを拡げ、手早く自分の酒を用意した。

本多たちはグラスを触れ合わせ、ハイピッチで飲んだ。マヤはアルコールに強かった。焼酎のロックを五杯飲んでも、少しも酔った気配を見せなかった。

本多はマヤの暗い身の上話を聞きながら、自分のペースでグラスを重ねた。店を出たのは九時過ぎだった。

本多は署に戻り、階段で地下一階に降りた。

廊下は無人だった。霊安室のドアを注視しながら、押収品保管室に接近する。心臓の鼓動が速くなった。

本多は立ち止まり、ショルダーバッグのファスナーを開けた。まず布手袋を両手に嵌め、手製のピッキング道具を握る。

二度目だ。解錠には手間取らなかった。

本多は押収品保管室に入り、ライターの炎で足許を照らした。麻薬保管棚に直行し、二十キロ入りの袋を摑んだ。

封を十センチほど開け、盗み出した約六キロの白い粉を注ぎ込む。空になったポリエチレンの袋をショルダーバッグに突っ込み、瞬間接着剤で封をした。

そのとき、スチール棚の横で小さな足音がした。

「そこにいるのは誰だっ。北條じゃないのか？」

本多は問いかけた。

だが、相手は沈黙したままだ。

「おい、なんとか言えよ。隠れてるのは北條なんだろうが。おまえはおれの弱点を摑みたくて、密かにマークしてたんだろっ」

本多は声を張り上げた。

人影が動いた。数秒後、頭上の蛍光灯が点いた。本多はスチール棚の後ろに回り込んだ。そこに立っていたのは、なんと佐久間公彦警視正だった。生活安全課の課長代理である。

「佐久間さんがなぜ、ここに⁉」

「きみを待ってたんだよ。無断で持ち出した生のアンフェタミンは売れなかったわけだ。そうだな」

「何もかも知ってたんですか⁉」

　本多は舌が縺れそうになった。

「きみが元風俗嬢に入れ揚げてるのを知って、いつか押収品に手をつけるかもしれないと思ってたんだよ。きみは案の定、ここから極上の覚醒剤を五、六キロ盗み出した。先日、きみが忍び込んだとき、わたしは隅で息を潜めてたんだよ。ここの鍵を借りたとき、こっそりスペアキーを作ったんだ。だから、いつでも押収品保管室には侵入できるわけさ」

「わたしは、生のアンフェタミンを確かに無断で持ち出しました。しかし、少し前にそっくり棚に戻しましたよ」

「そうみたいだね。それでも、本多君が押収品をいったんは盗み出した事実は消せない。わたしがこの目でしっかと見たからな」

「………」

「わたしがそのことを署長に報告すれば、いや、本庁人事一課監察に教えたほうがいいだろう。署長は身内の不祥事を揉み消しかねないからな。しかし、悪徳警官を摘発してる本庁の監察は身内を庇ったりしない。きみは当然、懲戒免職になる。そうなったら、交際中の元風俗嬢には小遣いも渡せなくなるだろう。懲戒免職になった元刑事を雇ってくれる民間会社は、まずないんじゃないかな。暴力団なら、歓迎してくれるだろうが、そこまで堕落したくないだろう?」

「わたしにどうしろと言うんです?」

「観念したようだな。賢明な選択だと思うよ。きみは、もうわたしに逆(さか)らえなくなったんだから」

佐久間が薄く笑った。

「あなたは何を企(たくら)んでるんです?」

「わたしは有資格者(キャリア)なのに、ずっと所轄の課長代理をやらされてる。不当な人事であることは誰もが気づいてるはずだ。しかし、どの職場でも、そのことに触れる者はいなかった」

「過去に先輩の警察官僚を怒らせたことでもあるんですか?」

「わたしは常識を弁(わきま)えた人間だよ。先輩のキャリアの逆鱗(げきりん)に触れるようなことはしなかったさ。それなのに、わたしは不当な扱いを受けつづけてきた。きみも知ってると思うが、われわれキャリアの人事権は警察庁が握ってる」

「ええ、そうですね」

「警察庁長官の舟知一成(ふなちかずなり)は、わたしが不当に冷遇されてることを知らないわけない。

長官が警察官僚たちを叱りつけて、不当人事を改めさせるべきなんだ。それなのに、舟知は何も行動を起こそうとしない。同じキャリアであるわたしを見殺しにするつもりなんだろう」

「確かに佐久間警視正の人事は不自然ですよね。職務で過去にしくじったことでもあるんですか？」

「職務でミスをしたことは一度もない。わたしは頭でっかちの行政官なんかじゃないぞ。現場捜査もちゃんとやってきた。縁者に不始末を起こした者がいるからといって、人事面でここまで差別することは間違ってる」

「ご兄弟に検挙された方でもいるんですか？」

「わたしの兄は人格者だ。失礼なことを言うなっ。そんなことより、きみはわたしの代わりに舟知を殺るんだ」

「警察庁長官を殺害しろとおっしゃるんですか!?」

「そうだ。舟知長官を射殺してくれ」

「できません。そんなことはできませんよ」

　本多は即座に断った。

「わたしの命令に従わなかったら、きみは身の破滅だぞ。それでもいいのかっ。きみが起訴されれば、若い愛人だけではなく、友人たちも遠ざかるだろう」

「それでも、やっぱり……」

「只で汚れ役を押しつける気はないよ。きみが舟知長官を仕留めてくれたら、報酬として八百万円やろう」

佐久間が言った。八百万円あれば、真沙美の夢は叶う。しかし、殺人をやすやすとは請け負えない。

「きみに選択の余地はないと思うがね」

「しかし……」

「西瓜を撃つようなつもりで、舟知の頭を吹っ飛ばせばいいんだよ。これを使ってくれ」

佐久間が言って、ウエスにくるまれたワルサーＰＰを取り出した。ドイツ製の中型ピストルだ。ハンマー露出式のダブルアクションである。

本多は無意識に後ずさった。

「弾倉には七発装塡してある。きみの射撃術は確か上級だったはずだ。舟知にできるだけ接近し、頭部を狙ってくれ。このワルサーから足がつく心配はない」

「ですが……」

「成功報酬は一千万出そう」

「それだけの金で代理殺人なんかできませんよ」

「駆け引きできる立場じゃないんだぞ、きみは。もういい！　すぐに人事一課監察に内部告発しよう」

「ま、待ってください」

「舟知の息の根を止めたら、きれいに一千万払う。早く受け取れよ、拳銃を」

佐久間がワルサーPPをウエスで包み、本多の掌に押し込んだ。本多は反射的に手を引っ込めたが、押し返すことはできなかった。

「舟知の行動パターンを調べ上げて、きみに指示を与える」

佐久間が押収品保管室から出ていった。

本多は拳銃を握りしめたまま、その場に頽れた。頭の芯だけが異常に熱い。全身は寒かった。

3

ウェイトレスが下がった。

戸越銀座商店街の中ほどにある喫茶店だ。昭和レトロたっぷりの古びた店だった。

牧野誠広はレジに近いテーブル席で、恋人の瑞穂と向かい合っていた。

『太平食堂』は定休日だった。午後三時過ぎである。瑞穂は牧野の休みに合わせて、有給休暇を取ってくれたのだ。

「ちょっと季節外れだけど、竹芝に行ってみない？　レストランシップに乗って、サンセット・クルージングを愉しもうよ」

「甲板は、まだ寒いと思うがな」

「でしょうね。でも、カップルなら、それほど寒くは感じないんじゃない？」

「そうだろうが……」

「会社の同僚が先週の金曜日の夕方、彼氏とレストランシップに乗ったんだって。この季節だから、まだ乗船客はそれほど多くなかったらしいの」

「だろうな」

「だから、甲板に出たカップルたちは大胆なラブシーンを演じてたんだって。同僚も煽られて、彼氏を挑発したそうよ。それで二人は湾岸クルージングの後、桟橋近くのホテルにチェックインして、久しぶりに燃え上がったんだって」

「そう」

「たまには、わたしたちもそういうロマンチックな夜を過ごさない？」

瑞穂が誘いをかけてきた。

数年前から、デートはパターン化していた。喫茶店で落ち合い、居酒屋かイタリアン・レストランで軽く飲み、ラブホテルかモーテルで睦み合う。最近はロングドライブもしなくなっていた。

「東京湾からベイエリアの夜景を眺めるのも悪くないな。よし、行ってみるか」

「きょうは珍しく素直ね。いつもはわたしのデートプランに乗ってこないことが多いのに」

「そうだったかな」

牧野は笑いでごまかし、ブレンドコーヒーを啜った。瑞穂もレモンティーをひと口飲み、バッグを開けた。

「何をしてるんだ？」

「竹芝桟橋に行く前に誠広さんに渡しておきたい物があるの」

「何なのかな？」

牧野は脚を組んだ。瑞穂はバッグからメガバンクの名の入った白っぽい袋を取り出し、卓上に置いた。

「百万入ってるわ。何かに役立ててほしいの。お店、まだ軌道に乗ってないんでしょ？」

「気持ちは嬉しいが、おれは女の金を当てにするような男じゃない」

「どうして時代錯誤なことを言うの。わたしたちは正式な婚約こそしてないけど、いずれ結婚する気でいるのだから、他人行儀なこと言わないでよ。それに、この百万をカンパすると言ってるわけじゃないの。余裕ができたら、少しずつ返してもらうつもりよ」

「そうだとしても、おれは瑞穂に金の心配なんかさせたくないんだ。おれは、ヒモ男じゃない」

「そういう言い方は僻み根性丸出しで、男らしくないわ。封建社会じゃあるまいし、男も女もないでしょ？」

「確かに男女同権だよ。しかしな、男には男の役割があるんだ」

「そういう考え方が古いのよ。生活力のある奥さんが総合職でバリバリと働いて、旦那さんが育児や家事を受け持ってるケースだってあるじゃないの？」

「専業主夫がいるらしいことは、おれも知ってるさ。しかし、そういう奴はオスの本能を棄てちゃってる。男が闘争心や餌を確保することを放棄したら、もはやオスじゃない」

「まだ三十代なのに、まるで明治生まれの男性みたいね。古風すぎるわ」

「なんと言われようと、おれは死ぬまで男らしさを失いたくないんだ。金は引っ込めてくれ。そうしなかったら、サンセット・クルージングにはつき合えない」

「子供みたいなことを言わないでよ。そんなのは、ただの八つ当たりだわ」

「八つ当たりかもしれないが、おれの言う通りにしてくれなかったら、絶対にレストランシップには乗らない」

牧野は我を張った。

「呆れた！　拗ねた幼稚園児以下よ」

「いいから、金を仕舞ってくれ」

「人の厚意は素直に受けるべきだわ。女が優位に立つのが面白くないわけ？　器が小さいのね」

「なんだと!?　瑞穂は、男心がちっともわかってないな。女が不用意に口走ったことがどれだけ男の気持ちを傷つけてるのかわかってるのかっ。この際、教えておいてやる。セックスが下手、器が小さい、話がつまらないがワーストスリーなんだ。この三つは死んでも男に向かって言ってはいけない台詞なんだよ。よく憶えておくんだな」

「何よ、偉そうに！」

「金をバッグに戻してくれ。きょうのデートは中止だ」

「わからず屋！」

瑞穂は銀行の袋をバッグに戻すと、すっくと立ち上がった。そのまま彼女は店を飛び出していった。

牧野は自分の言動を大人げなかったと悔やんだが、瑞穂を追うことはできなかった。男の見栄だった。自宅に戻って、不貞寝でもするか。それとも広尾の救急病院に出向き、堺支店長に背後の脅迫者のことを吐かせるか。

牧野は残りのコーヒーを飲みながら、迷いはじめた。コーヒーカップを受け皿に戻したとき、懐でスマートフォンが振動した。マナーモードにしてあったのだ。

発信者は朝比奈だった。

「堺支店長を操ってた奴はわかったか？」

「いや、まだ吐かせてないんだよ」

「そうか。実はな、おれも姿なき敵に犯罪者に仕立てられそうになったんだ」

「何があったの？」

牧野は問いかけた。朝比奈が昨夜の出来事を打ち明けた。

捜査中の誘拐事件の被害者の絞殺体が宮下公園内で発見されたという。凶器は、朝比奈の捕縄だったらしい。それは半月ほど前に署内のスチールロッカーから盗まれた物だという話だった。

「凶器の捕縄には、おれの指掌紋しか付着してなかった。それで、きのうの夜は機捜の連中と渋谷署の刑事課長に事情聴取される羽目になったんだ。何者かに捕縄を盗まれたという話を信じてもらえたんで、被疑者扱いはされなかったがな」

「それにしても、とんだ災難だったね」

「ああ」

「一億五千万円の身代金は結局、略取されなかったって話だから、犯行動機は怨恨だろうね」

　牧野は言った。

「そう考えてもいいだろうな。麦倉陽菜を最初っから殺害する目的で犯人グループは引っさらったのさ。しかし、すぐ始末したんでは面白みがない。それで、営利誘拐のように見せかけたんだろう」

「ああ、多分ね。陽菜の交友関係に怪しい奴がいないとすれば、両親のどちらかが誰かに恨まれてるんじゃないか？」

「これまでの捜査によると、恨まれてるのは父親だと思う。麦倉院長は患者に必要のない美容整形手術を勧めて、荒稼ぎしてたんだ。それから手術ミスもして、十人近い患者に告訴されてるんだよ」

「その中に不審な人物は？」

「モデルをやってる麻衣という女がちょっと臭いと思ったんだが、心証はシロだったんだ」

「そう」

「麦倉美容整形外科医院で手術を受けた患者をすべて洗い直してみるつもりだよ。その中の誰かの身内が陽菜の父親に仕返ししたと考えられるからな」

「美容整形手術ミスで、前よりも顔や体がひどくなってしまった本人か家族をマークすべきだろうね」

「もう部下たちに指示を与えたんだ。おれたちが罠に嵌まりそうになったのは、ただの偶然じゃないな。おれたち三人は、過去の出来事で逆恨みされてるにちがいないよ」

「おそらく、そうなんだろう。おれたちは警察学校時代にたまたま連続通り魔殺人の犯人を取っ捕まえた。犯人の筑波諭のことが気になるな」

「実は担当保護司を調べて、筑波の消息を教えてもらったんだ」

「そうか」

「筑波は仮出所後、保護司の世話で足立区内にある製靴工場で一年数カ月、真面目に働いてたんだ。会社の寮に入ってな。しかし、担当保護司が筑波の勤務ぶりをこっそりうかがいに行ったことで、彼が前科者であることが同僚たちに知られてしまったんだよ」

「それで、筑波はその工場を辞めちゃったんだな？」

「そうなんだ。筑波は医学部受験に七回も失敗して自暴自棄になり、殺人事件を引き起こしたくらいだから、堪え性がないんだろうな。工場を辞めた筑波は前途を悲観して死に場所を求め、全国をさまよい歩いた。しかし、自ら命を絶つことはできなかった」

「それで、現在は？」

「新潟県の妙高高原にあるペンションで五カ月前から下働きをしてるそうだ。筑波は近くの山をさまよい歩いてるとき、空腹感を満たそうと毒茸を喰ってしまったらしい。激しい吐き気に襲われて苦しんでるとき、山菜採りに山に入ったペンションの経営者が運よく通りかかったというんだ。そのオーナーは元教育者とかで、筑波の面倒を見る気になったらしいんだよ」

「そうか。筑波がおれたち三人を逆恨みしてたとしても、誘拐事件を画策したとは思えない」

「ああ、それはな。筑波と麦倉一家とは何も接点がないんだ。しかし、筑波の縁者の中に麦倉院長に恨みを持ってる人間がいる可能性はあるね」

「確か筑波には、四つ違いの弟がいたんじゃないかな？」

「その弟は六年前に肝硬変で亡くなってる。実兄が殺人犯として服役してからは、酒浸りの毎日だったらしい。名門私大を卒業してるんだが、ずっとフリーターのようなことをしてたそうだよ」

「犯罪加害者はもちろん、その家族も世間から白眼視されがちだからな。筑波の弟もちゃんとした会社に就職したかったんだろうが、採用してもらえなかったんだろう」

「そうだと思うよ。そして、兄貴の愚かな行動を憾みながら、酒で憂さを晴らしてたんだろう」

「ああ、そうだったんだろうな。ところで、麦倉院長は娘が殺害されてしまったんで、朝比奈たちに辛く当たったんじゃないのか？」

「無能呼ばわりされたよ。それから、警察が人質を殺したようなものだとも言われたな」

朝比奈の声は沈んでいた。

「それは言いすぎだろう」

「いや、おれの判断ミスだったのかもしれない。主犯の狙いが身代金じゃないことをもっと早く見抜いていれば、人質の麦倉陽菜は殺されずに済んだはずだ」

「朝比奈がそんなふうに自分を責めることはないよ。判断が甘かったのは、渋谷署の刑事課長さ。犯人側の狙いが人質の命だってことも考慮して、帳場を立てるべきだったんだ。本庁捜一の『SIT（シット）』の支援だけじゃ、万全じゃないよ」

「当然、課長は捜査本部を設置することも考えたはずだ。しかし、おれたち強行犯係のチームワークの力を信じてくれてただろうし、花を持たせてやりたいという気持ちもあったんだろう。今回の事件（ヤマ）で現場の指揮を執（と）ったのは、おれなんだ。だから、こっちの責任は重いんだよ」

「朝比奈は昔っから責任感が強かったからな」

「人質の命はもう取り戻せない。おれは自分の手で犯人グループの親玉を取っ捕まえて、死んだ陽菜に償いたいんだ。もちろん、それで片がついたとは思わない。市民の尊い命を散らせてしまったことは一生、背負っていくつもりだよ」

「朝比奈は警察官の鑑だな。そこまで考えてる同僚は少ないんじゃないか。昇進のことばかり考えて、上司の顔色をうかがってる奴が大半だからな」

「そういう奴が多いことは確かだよな。だが、おれたちは体を張って、社会の治安を護ることが職務なんだ。別に優等生ぶってるわけじゃないんだよ。誰にも、税金泥棒なんて言わせたくないんだ。だから、職務を全うしたいんだよ」

「おれは朝比奈の友人のひとりであることを誇りに思うよ」

牧野は言った。本心だった。

「よせって。尻がくすぐったくなるじゃないか。それより、本多が窮地に追い込まれた気配を感じ取ったら、すぐに教えてくれ」

朝比奈が通話を切り上げた。

牧野は二人分のコーヒー代を払い、喫茶店を出た。いったん自宅に戻り、軽自動車で堺支店長の入院先に行くことにした。

このまま瑞穂と気まずくなりたくはなかったが、謝罪の電話をかけるのはまだ早い気がする。なんとなく照れ臭い。広尾の救急病院に行った後、先にメールを送信したほうがよさそうだ。

牧野はそう考えながら、歩みを速めた。

すると、前方から本多がやってきた。うつむき加減だった。何か思い悩んでいる風情だ。

「おれんとこに来たんじゃないのか？」

牧野は本多に声をかけた。

「おう！　店は定休日だったんだな。うっかりしてたよ。おふくろさんの話では、瑞穂さんとデートだってことだったから、署に戻ろうとしてたんだ」

「そう。瑞穂とは、この近くの喫茶店で喧嘩別れしちゃったんだ。だからさ、デートは流れちゃったんだよ。何か話があって、おれを訪ねてきたんだろう？」

「いい勘してるな。実は、圭子と別れることにしたんだ」

本多が言った。

「悪い冗談はよせって」

「真面目な話なんだ」

「こんな所で立ち話もなんだから、おれん家に来いよ」

牧野は本多と肩を並べて歩きだした。『太平食堂』のシャッターの潜り戸から店内に入る。母は二階の父の部屋にいるようだった。牧野は本多をテーブルに向かわせ、二人分の緑茶を淹れた。

向かい合うと、本多が先に口を開いた。

「おまえと朝比奈には内緒にしてたんだが、おれ、不倫してたんだよ。相手は堤真沙美という名で、元風俗嬢なんだ」

「マジかよ⁉」

「二十一、二の小娘にのめり込んでしまった自分に戸惑ってもいるんだが、真沙美を失いたくないんだよ。自分でも、どうかしてると思うが、本気で惚れちゃったんだ」

「もう少し詳しい経緯を聞かせてくれないか」

牧野は促した。本多が離婚を決意するまでの経過をつぶさに語った。

「奥さん、お気に入りのホストと親密になっちゃったのか」

「そのことには目をつぶれるんだよ、先に浮気をしたのはおれだからな。しかし、圭子は自分の考えをおれに押しつける傾向があったんだ。結婚前はそれほどでもなかったんだが、一緒になってからはかなり露骨に……」

「そうだったのか」

「家庭が安らぎの場じゃなくなったんで、真沙美が〝聖少女〟みたいに思えたのかもしれないな。いかがわしい仕事をやってたのに、心はちっとも汚れてないんだ。どこか危なっかしくて、保護者意識めいたものが次第に膨らんできたんだよ」

「おまえは女擦れしてないから、すぐ相手にのぼせ上がっちゃう。悪い癖だぞ」

「確かに高校まで男子校だったから、牧野や朝比奈みたいに女馴れしてない。それは認めるよ。けどな、真沙美は天使みたいな娘なんだ。女房はおれと別れたがってるんで、おれも踏んぎりがついたわけ。明日、署名捺印した離婚届を圭子の実家に郵送するよ」

「もったいない気もするけど、本多がそういう結論を出したんだったら、余計なことは言わないよ。それにしてもなあ」

「呆れて二の句がつげないよな？　多分、朝比奈も同じ反応を示すだろう」

「朝比奈といえば、さっき彼から電話があったんだ。正体不明の敵はおれだけじゃなく、朝比奈も陥れたようなんだ」

　牧野は誘拐事件の人質が殺されるまでのことを順序だてて話した。

「おまえら二人が窮地に追い込まれたってことは、もしかしたら、十五年前の連続通り魔殺人事件と関連があるのかもしれないぞ」

「おれも朝比奈も、そう推測したんだ」

「おれたちが取り押さえた筑波諭が逆恨みして、何か報復する気になったんじゃないのか？」

　本多が言った。

　牧野は、朝比奈から聞いた筑波に関する情報をそのまま伝えた。

「そういうことなら、筑波自身がおれたち三人に仕返しする気になったとは思えないな」

「ああ。筑波の血縁者のひとりが飛ばっちりで冷たい仕打ちを受けたんで、おれたちを逆恨みしてるんじゃないだろうか。朝比奈も、そういう読み筋をしてる」

「見当外れじゃないと思うよ、おれも。凶悪犯罪をやらかすと、犯人の親族まで白い目で見られるからな。そのことを強く理不尽だと感じたら、加害者逮捕に協力した人間も逆恨みしたくなるかもしれない」

「そうだな。本多は何か罠の気配を感じたことないか？」

「ないな、そういうことは」

　本多は、なぜか牧野と目を合わせようとしなかった。

「ほんとだな？」

「ああ。なんだよ、牧野。まるでおれが何か隠しごとでもしてそうな口ぶりじゃないか」

「本多は、密告電話で犯罪者に仕立てられそうになったらしいな。その話は朝比奈から教えてもらったんだ。なんで黙ってたんだよ、おれにはさ」

「深い意味はないんだよ。おまえはもう民間人だから、余計な心配をかけたくなかったんだ。それより、ちょっとトイレを貸してくれないか。さっきから小便を我慢してたんだ」

本多が言って、勢いよく立ち上がった。弾みで隣の椅子からショルダーバッグが落ちた。

固い金属音がした。本多が焦った様子でショルダーバッグを拾い上げ、そのまま手洗いに持ち込んだ。ショルダーバッグの中身は拳銃なのではないのか。それも官給品ではなく、不正な手段で入手したピストルなのかもしれない。

牧野は、そう思った。

さきほど本多は視線を外した。目を合わせたら、心の動揺を覚られると判断したからではないのか。そうならば、本多は姿なき敵に何か犯罪を強いられたのかもしれない。

中身がハンドガンなら、殺人の代行を命じられたのではないか。本多は弱みになるような犯罪に手を染めてしまったのだろうか。

考えられるのは捜査費の不正請求だ。しかし、まとまった金は詐取できない。本多は風俗店から小遣いをせびり、その金を若い愛人に渡していたのだろうか。

その証拠を握られ、謎の人物に代理殺人を強要されてしまったのか。そうなら、未然に本多の暴走を防がなければならない。

本多がトイレから戻ってきた。

「離婚の件は折を見て、おれ自身が朝比奈に伝えるよ」

「そうか」

「筑波諭の縁者を徹底的に洗ってみたほうがよさそうだな。ぼちぼち署に戻らないと……」

「まだいいじゃないか」

「あまり油売ってられないんだ」

「わかった。無理には引き留めないことにしよう」

牧野は椅子から腰を浮かせ、さりげなく本多の背後に立った。そっとショルダーバッグに手を伸ばし、中身を確かめる。

指先に伝わってきたのは、紛れもなく自動拳銃の感触だった。本多が貸与されているのは、小型リボルバーのはずだ。通称〝サクラ〟である。

「本多、何かほかに相談があったんじゃないのか」

「なぜ、そんなことを言うんだい？」

「なんか深刻そうな顔をしてたじゃないか」

「離婚することになったんだ。へらへらなんかしてられないだろうが？」

「それはそうだがね」

「また会おう」

本多が店の外に出た。

堺支店長の口を割らせるのは後回しだ。牧野は本多が遠ざかってから、『太平食堂』を出た。親しい友人の行動を探るのは、なんとも気が重かった。後ろめたくもあった。しかし、そうも言っていられない。牧野は本多を尾行しはじめた。

本多は戸越銀座駅とは反対方向に進んでいる。商店街を抜けて、ほどなく中原街道に出た。牧野は足を速めた。

本多はタクシーに乗り込んだ。

すぐに牧野も空車を拾った。本多を乗せたタクシーは、五反田駅とは逆方面に向かった。池袋署に戻るのではなさそうだ。

いったい本多はどこに向かっているのか。

牧野はあれこれ推測してみたが、どれも確信は持てなかった。マークしたタクシーは直進し、東急池上線の洗足池駅の少し先を右に折れた。閑静な住宅街だった。

大田区南千束三丁目だ。

本多は百数十メートル先でタクシーを降りた。牧野は三、四十メートル後方でタクシーを捨て、脇道に隠れた。首を突き出し、本多の動きを探る。

本多は通行人を装いながら、ある戸建て住宅の前を三度往復し、物陰に身を潜めた。誰かを待ち伏せしているようだ。

十五分ほど経つと、戸建て住宅から五十歳前後の男が姿を見せた。ゴールデン・レトリバーの引き綱を握っている。愛犬と散歩に出かけるようだ。

男は犬とともに本多の前を通り過ぎ、ゆっくりと遠ざかっていった。どうやら本多には気づかなかったようだ。

本多が物陰から出て、男を尾けはじめた。歩きながら、ショルダーバッグをたすき掛けにした。牧野は民家の生垣に身を寄せながら、本多を追尾しはじめた。男が出てきた家屋の表札を見る。佐久間と記されていた。

五十絡みの男と大型犬が路上にたたずんだ。近所の愛犬家らしい初老の女性と立ち話をしはじめた。女性の足許には、コーギーがうずくまっていた。

ゴールデン・レトリバーが小型犬とじゃれ合いはじめた。飼い主たちは話に熱中している。

本多は路上駐車中のライトバンの陰に入り込み、男の背に視線を注いでいた。

その右手はショルダーバッグの中に突っ込まれている。自動拳銃の銃把を握りしめているらしい。本多は、ゴールデン・レトリバーの飼い主を撃つ気なのだろう。

牧野は本多に声をかける気になった。

ちょうどそのとき、本多が路地に走り入った。立ち話は続行されると判断し、次のチャンスを待つ気になったのだろう。

牧野は路地に足を踏み入れた。

だが、本多の姿はどこにも見当たらなかった。迂回して、標的を待ち伏せする気になったのかもしれない。牧野は元の通りに戻った。

それから数分後、立ち話は終わった。

男とゴールデン・レトリバーはふたたび歩きはじめた。牧野は一定の距離を保ちながら、五十年配の男の後を追った。

前方の脇道から自動拳銃を構えた本多が躍り出てくるかもしれない。牧野は張り詰めた気持ちで歩きつづけた。

佐久間という姓らしい男は大型犬と住宅街を一時間ほど散策し、自宅と思われる家屋の中に消えた。その間、本多の姿は一度も見かけなかった。

牧野は、ひとまず安堵した。

門扉越しに佐久間宅の庭を覗き込んでいると、誰かに肩を叩かれた。本多か。牧野は体ごと振り向いた。

七十年配の男が訝しげな目を向けてきた。

「あんた、空き巣じゃないだろうな」

「何を言ってるんです⁉」

「ちょっと怪しい素振りを見せたんでね」

「ゴールデン・レトリバーを飼ってるみたいなんで、ちょっと犬を見せてもらおうと思っただけですよ」

　牧野は言い繕った。

「それなら、いいけどさ。佐久間さん家に泥棒に入ったら、あんた、何年も刑務所で暮らさなきゃならなくなるよ」

「この家のご主人は、警察関係の仕事をしてるんですか？」

「そうだよ。それも一般の警官じゃなくて、有資格者だって話だ」

「警察官僚なら、たいしたもんですね。この家のご主人のお名前は？」

「やっぱり、あんたは怪しいな」

「わたし、元警官なんですよ。いまは家業の食堂を継いでるんですけどね」

「そうだったのか。ここの旦那は佐久間公彦という名で、四十九歳だったと思うよ」

「警察庁の幹部なんですね？」

「いや、どこか所轄署勤務らしいよ」

「キャリアなら、多分、署長をやってるんでしょう」

「そのあたりのことはよくわからんね。近所に住んでても、挨拶を交わす程度だからさ」

「そうですか。どうも……」

牧野は一礼し、佐久間宅から離れた。

第六章　透けた妄執

1

　タクシーが林道に入った。

　北国街道の近くだった。妙高高原市の外れだ。午後二時を過ぎていた。

　朝比奈駿は、部下の伴刑事と後部座席に並んでいた。前方に妙高山の稜線が見える。

「学生のころに野尻湖まで来たことがあるんですが、妙高山までは足を延ばさなかったんですよ」

　伴が四十年配のタクシー運転手に言った。

「それは惜しいことをしましたね。野尻湖は斑尾山の裾野にあるんですが、信越本線の反対側はもう妙高高原なんですよ。妙高山は眼前にそびえてるんです。せめて中腹まで登られたら、黒姫山や地蔵山まで一望できたんですがね」

「機会があったら、ぜひ中腹まで登ってみましょう」

「ええ、そうなさってください。きょうは観光ではなく、お仕事で出張ですか？」

「ええ、まあ」

「羨ましいな。わたしは地元で生まれ育ったのですが、長男なんで、ずっと新潟で暮らしてるんです。経済的にゆとりもないので、めったに旅行もしたことないんですよ」

「新潟は自然に恵まれてるじゃありませんか。都会でせかせかと暮らしてる自分は、かえって田舎暮らしに憧れますね」

「お客さんは、もしかしたら、警察関係の方なのかな。ほら、お巡りさんは一人称によく自分を使うでしょ？」

「いや、われわれは民間人ですよ」

「そういう言い方も、警察官がするな。お二人は刑事さんなんでしょ？　殺人犯が山の中にでも潜伏してるんですか？　それなら、ぜひ犯人を逮捕していただきたいな。わたしね、犯罪者が手錠を掛けられるシーンを生で見たことがないんですよ」

「われわれは、東京の旅行会社の者なんだ」

朝比奈は言った。捜査のとき以外は素姓を伏せることが習慣になっていた。

「会社はどちらです？」

「『東西ツーリスト』ですよ」

「大手じゃないですか。それだったら、赤倉で和風旅館を経営してる高校時代の友人を紹介したいな。そいつ、愛想はありませんが、料理の腕は悪くないんですよ。でも、あまり繁昌してないようだから、少し客を回してやってくれませんかね」

「別の商用で時間がかかりそうなんで、その方とはお目にかかれないな」

「そうですか。残念だな」

タクシードライバーは鼻白んだらしく、それきり黙り込んだ。朝比奈は伴と顔を見合わせ、微苦笑した。

目的のペンションに着いたのは十数分後だった。

建物の外壁はペパーミントグリーンで窓枠は白かった。ペンション名は『フォレスト』だった。

朝比奈たちはタクシーを降り、『フォレスト』の内庭に入った。

庭の一隅で、六十代半ばの男が薫製器の中に桜材のチップをくべている。岩魚か虹鱒をスモークするのだろう。

「失礼ですが、オーナーの水沼幸雄さんではありませんか？」

朝比奈は話しかけた。

「ええ、そうです。あなた方は？」

「渋谷署の刑事課の者です。わたしは朝比奈です。連れは伴といいます」

「筑波君は真面目に働いてますよ、ここでね」

「別に筑波さんが事件の捜査対象になったわけではないんですよ。親類の方たちのことをちょっとうかがいたいだけなんです」

「筑波君の縁者の誰かが何か罪を犯したんだね？」

「それは、まだわかりません。その疑いがあるかもしれないので、東京から聞き込みにやってきたわけですよ。取り次いでいただけますね」

「そういうことなら、筑波君に会わせましょう。どうぞ中に入ってください」

オーナーの水沼に案内され、朝比奈たちは一階の食堂に入った。三十五畳ほどの広さだ。ダイニングテーブルに導かれる。

「いま、筑波君を呼んできます」

水沼が奥に引っ込んだ。

数分が過ぎたころ、六十絡みの女性が現われた。ハーブティーを洋盆に載せ、摺り足で近づいてくる。

朝比奈は伴に目配せして、先に椅子から立ち上がった。伴が慌てて腰を浮かせる。

「水沼の家内です」

相手が自己紹介した。朝比奈たちも名乗った。

「筑波君、じきに来ると思います」

オーナーの妻は二人分のハーブティーを卓上に置くと、すぐに下がった。

五分が過ぎても、水沼と筑波は姿を見せない。

「オーナーは、筑波諭を逃がしたんじゃないですか？」

伴が小声で言った。

「逃げなきゃならない理由はないはずだがな」

「ひょっとしたら、筑波は親族の誰かが麦倉陽菜に関わってることを知ってるんじゃないのかな。しかし、そのことを喋るわけにはいかない。それで、とりあえず身を隠す気になったのかもしれないでしょ？」

「その可能性は否定できないか」

「自分、ちょっと建物の周りをチェックしてみます。かまいませんよね？」

「ああ」

朝比奈は同意した。

伴が静かに立ち上がり、抜き足でペンションの外に出た。筑波は刑事に会うことを渋っているのだろうか。あるいは、すでにペンションから遠ざかってしまったのか。

煙草を喫う気になったとき、奥から水沼と筑波が現われた。

十五年ぶりに見る筑波は、すっかり老けていた。とても四十一歳には見えない。頭髪が疎らになり、前歯も一本欠けている。服役生活は、それほど過酷だったのだろう。

「あれ、お連れの方は？」

「うまい空気を存分に吸いたいと表に出たんですよ。すぐに戻ってくると思います」

朝比奈は水沼に言って、おもむろに立ち上がった。筑波が会釈した。

「わたしのこと、憶えてるかな？」

「ええ、顔ははっきりと記憶してますよ。名前は忘れちゃったけどね」

「朝比奈ですよ。いまは渋谷署の刑事課にいるんです」

「そうですか」

「わたしも同席させてもらいますよ」

水沼が筑波を朝比奈の真ん前に坐らせ、かたわらの椅子に腰かけた。

そのとき、伴が戻ってきた。彼は筑波に名乗り、オーナーと向かい合う位置に腰を下ろした。

「渋谷署管内で発生した女子大生殺しの捜査中なんですよ」

朝比奈は、麦倉陽菜の事件のことを筑波に伝えた。

「その事件のことは、ニュース報道で知ってました。最初に言っときますが、ぼくは事件にまったく関与してません。そもそも被害者とは一面識もないんです。もちろん、殺害された女子大生の個人的なことは何も知りません」

「さっきオーナーの水沼さんにも言ったことだが、あなたを疑ってるわけじゃないんですよ。ただ、十五年前に筑波さんを警察に引き渡した三人のうち、二人が犯罪者に仕立てられそうになったんです」

「ほんとですか⁉」

「ええ。誘拐されて絞殺された麦倉陽菜の首に巻きついてた捕縄は、わたしが使ってた物だったんですよ。それは、半月ほど前に署内のスチールロッカーから何者かに盗まれた物なんです」

「民間の人間が勝手に署内に出入りはできないでしょ？」

「その通りです。こっちの捕縄を盗(と)ったのは、おそらく警察関係者でしょう。警察学校で同期だった牧野誠広という男も罠(わな)に嵌(は)められてしまったんですよ」

「どんな罠を仕掛けられたんです？」

筑波が問いかけてきた。朝比奈は質問に答えた。

「東和信用金庫の堺という支店長は女装趣味があることを謎の脅迫者に知られ、牧野さんが百万円をネコババしたように画策(かくさく)したわけですね？」

「そうです。そのことを牧野に明かした直後、堺は円山町の路上で何者かにライフル銃で肩を撃ち抜かれました。おそらく正体不明の脅迫者が堺を亡(な)き者にしようと狙撃(そげき)したんでしょう」

「そうなんですかね」

「十五年前、あなたの逮捕に協力した三人のうち二人が犯罪者にさせられそうになりました。残りのひとりは密告電話で、悪徳警官にさせられかけたんですよ」

「ただの偶然ではなさそうだな」

「ええ、そう思います。それで、わたしと牧野はあなたの親類の中にわれわれ三人を逆恨みしてる人間がいるのではないかと推測したんですよ。血縁者か遠縁の中に警察関係者はいませんか？」

「それは……」

筑波が言い澱んだ。

「いるんですね？」

「は、はい。母方の従兄が警察官僚なんです。しかし、彼はキャリアだから、ばかなことはやらないと思うがな」

「その方の名前は」

「佐久間公彦です。職階は警視正のはずなんだが、なぜか池袋署で課長代理をやってるんですよ。所属してるのは生活安全課だったと思います」

「池袋署の生活安全課ですか」

朝比奈は少なからず驚いた。佐久間は友人の本多貴之の上司ではないか。

「その佐久間という従兄と筑波さんは仲がよかったんですか？」

伴刑事が口を挟んだ。

「従兄は小学校のころから学校で秀才だったから、ぼくは苦手でしたね。母親同士が仲のいい姉妹だったので、子供のころはよく軽井沢にある佐久間家の別荘に一緒に遊びに行ったんですよ。でも、年齢も違ってたから、あまり愉しくなかったな。従兄は成績のよくないぼくを見下してたので、高校生になってからは遠ざかってしまったんです」

「あなたが十五年前に逮捕されたとき、佐久間警視正はどんな反応を示しました?」

「一度だけですが、従兄は拘置所に会いに来ました。それで、ぼくのことを激しく罵りました。親戚中の恥さらしだとか、自分の出世の足を引っ張りやがってとか、とにかく狂ったように怒りましたね。それから、ぼくの家族とは縁を切るとも宣言しました」

「そうですか」

「事実、従兄はぼくの家族とは一切つき合わなくなりました。佐久間の伯母も息子に強く言われたのか、実の妹であるぼくの母からも遠のきましたね」

「従兄とは、それっきりだったんですか?」

朝比奈は部下を手で制し、先に口を開いた。

「事件後、一遍も会ってません。ただ、仮出所後に就職した足立区の製靴工場に従兄から封書が届きました。親族に迷惑をかけたのだから、死ねという意味のことが綴られ、新品の西洋剃刀が同封されてました」

「従兄でありながら、そこまでするか。エリートかもしれないが、人間としては二流、三流だね」

水沼が吐き捨てるように言った。

「オーナー、ぼくが悪いんですよ。従兄はエゴイストですが、猛勉強して国家公務員Ⅰ種にパスしたんです。でも、母方の従弟のぼくが二人の通行人を刺殺してしまったから……」

「きみは犯行時、精神状態が不安定だったんだ。それだから、死刑は免れたんだよ」

「ぼくは駄目な人間です。なんの罪もない通行人たちの命を奪っただけじゃなく、二人の遺族も不幸にしてしまった。ぼくの家族を悲しませ、親類の人生設計を台なしにしたんです。死んで詫びたかったんだけど、どうしても自殺できなかったんです。生きてることが辛いですよ。オーナー、ぼくは自死すべきなんでしょうか？」

筑波が涙声で水沼に訊いた。

「死ぬのは狡いよ。命を自ら絶つことは卑怯だな。きみは苦しいだろうが、生き抜いて被害者たちに償う義務がある。仮出所になったからといって、責任逃れはよくない。墓場まで筑波君は罪を背負わなきゃならないんだ。そうじゃなければ、きみの魂は救われないんだよ」

「わかってるんです。でも、毎日が辛すぎて……」

「ひたすら苦しみに耐えるんだ。きみは、ひとりじゃない。わたしたち夫婦がそばにいるじゃないか。耐え抜けるはずだよ」

「ええ、頑張ってみます」

「そうすべきだね」

水沼が言って、テーブルの下で自分のハンカチを筑波にそっと渡した。筑波は軽く頭を下げ、目頭をハンカチで拭った。

朝比奈は、オーナー夫婦に関心を抱いた。赤の他人に深い思い遣りを示すことはたやすくない。水沼夫妻はどんな人生を送ってきたのか。想像を超えるような凄絶な思いを味わったからこそ、他者に優しくなれるのではないか。

水沼が朝比奈に顔を向けてきた。

「人間は何があっても、自ら命を絶ってはいけません。当の本人がどんなに孤独だと感じていても、周りの家族や友人には大きな存在になってるもんです。月並ですが、命は自分だけのものじゃないんですよ」

「何か重い体験をされたようですね？」

朝比奈は探りを入れた。

「わたしも妻も長いこと教師をやってたんですが、ひとり息子に自殺されてしまったんですよ。倅は大学で哲学を専攻してたのですが、形而上学的な研究を重ねてるうちに思考が空回りして、ついに精神のバランスを崩してしまったんです。なのに、重いうつ病になってることに気づかず、わたしと妻は代わる代わるに息子に頑張れと言いつづけたんです。それが逆効果になって、息子はわずか二十一歳で自らの生涯を終わらせてしまった。息子の友人や知人がわたしたち親と同じくらいに若い死を悼んでくれました」

「そうだったんですか」

「人間は誰しも他者に支えられて生かされてるんですよ。ですから、どんなに絶望しても自分で死を選んではいけません」

「同感ですね」

「筑波君、わかってくれたよな」

水沼がかたわらに目をやった。筑波が深くうなずく。

「話は飛びますが、佐久間氏と麦倉美容整形外科医院は何か接点があるんですかね。何らかの繋がりがあるような気がしてるんですが……」

朝比奈は筑波に語りかけた。

「そのあたりのことはよくわかりませんが、従兄の公彦のひとり娘が大学入学直前に、どこかで目の整形手術を受けてますよ。母から聞いた話なんですが、従兄の娘の由奈は細い目を子供のころから気にしてたようで、整形手術で二重瞼にしたんだそうです。しかし、その結果、素人目にも整形したことがわかるようになってしまったらしいんですよ。それで由奈は悩んで、大学の入学式の前の夜、自分の部屋で感電自殺したんだそうです。ぼく自身は、その娘に会ったことはないんですがね」

「由奈という娘が麦倉美容整形外科医院で目の手術を受けてたとしたら、あなたの従兄が麦倉陽菜を誘拐した末に殺害した可能性もあるな。娘さんは美容整形手術の結果が不満で、死を選んでしまったんでしょうからね」

「多分、そうなんでしょう。でも、ぼく個人としては従兄がそこまで暴走したとは思いたくないいな」

「従兄を庇いたくなる気持ちはわかります」

「繰り返しますが、従兄は警察官僚なんです。ぼくのことで出世コースから外されて、ひとり娘の美容整形がうまくいかなかったからといって、そこまで自棄にはならないでしょ？」

「どんな理知的なエリートも、所詮は感情の動物です。憤りや悲しみが募ったら、分別を忘れてしまうことがあると思います」

「そうかもしれませんね」

筑波が呟いた。水沼が無言で顎を引いた。

「ご協力に感謝します」

朝比奈は筑波に言って、部下とペンションを出た。

「佐久間警視正をマークしてみましょうよ」

伴が言った。

「そうしよう」

「無線タクシーを呼んで、すぐ東京に舞い戻りましょうよ」

「そうするか。それじゃ、タクシーを呼んでくれ」

朝比奈は、部下から数メートル離れた。私物のスマートフォンを取り出し、本多貴之の短縮番号を押す。

待つほどもなく本多が電話口に出た。

「そっちの課の上司に佐久間公彦警視正がいるな?」

「ああ。うちの課長代理なんだ。キャリアなんだが、ちっともエリートぶらないんだよ」

「本多、その佐久間が妙な動きを見せなかったか?」

「えっ、どういうことなんだ⁉」

「牧野とおれを陥(おとしい)れようとしたのは、そのキャリアかもしれないんだよ」

朝比奈は詳しい話をした。

「佐久間さんがおまえの捕縄を盗って、誘拐した麦倉陽菜の首を絞めたのか？」

「おそらく、そうなんだろう。東和信用金庫戸越支店の堺支店長を脅して、牧野がネコババしたように謀ったのも佐久間警視正と考えられる」

「待てよ、朝比奈。そう疑える根拠でもあるのか？」

「あるんだ。佐久間公彦は、例の通り魔殺人事件の犯人の筑波諭の母方の従兄だったんだよ。佐久間はキャリアでありながら、まだ所轄署の課長職にも就いてない。不自然なほど出世が遅いのは、血縁者に殺人犯が出たからなんだろう」

「そういうことだったのか」

本多は、あまり驚かなかった。朝比奈は、そのことに引っかかった。本多は自分や牧野と同じように佐久間に窮地に追い込まれたのだが、そのことを口に出せない事情があるのではないか。

「本多、正直に答えてくれ。おまえは佐久間に何か危いことを知られて、逆らえない立場に追い込まれたんじゃないのか？　たとえば、職場でつい不正行為をしてしまって、課長代理に尻尾を摑まれたとかな」

「おれは悪さなんかしてない。それに、佐久間さんは紳士なんだ。人事面で冷遇されてるからって、誰かを逆恨みするような人間じゃないよ」

「おまえだけ陥れられないことがどうも不自然に思えるんだ」

「そのうち、おれも罠に嵌められちゃうのかね。勘弁してほしいな。そうだ、牧野にはもう話したんだが、おれ、圭子と別れることにしたんだ」

本多が離婚の原因を語った。

「そんな小娘にのめり込むなんて、どうかしてるぞ」

「おれもそう思ってるんだが、もう真沙美なしじゃ生きていけない。あの娘のためだったら、おれ、どんなことでもやっちゃいそうなんだ」

「奥さんと別れるのは仕方ないとしても、少し頭を冷やせって。そうじゃないと、いまに火傷するぞ」

「朝比奈の忠告は、ちゃんと頭に叩き込んでおくよ」

「ああ、そうしてくれ。とにかく、佐久間には油断するな」

朝比奈は通話を切り上げた。

ほとんど同時に、部下の佐橋から電話がかかってきた。

「係長、麦倉美容整形外科医院で二重瞼の手術を受けた患者に佐久間由奈という娘がいたんですが、その彼女の父親が警察関係者だったんですよ」

「そいつは池袋署生活安全課の課長代理の佐久間公彦警視正だな？」

「なんで知ってるんです⁉」

「種明かしをしよう。少し前に十五年前の連続通り魔殺人事件の犯人の筑波諭の母方の従兄が佐久間だと判明したんだよ。佐久間は警察官僚でありながら、従弟の筑波が殺人犯になったため、出世コースから外されてしまった。警察学校時代に筑波を取っ捕（つか）まえたおれたち三人を逆恨みする気になって……」

「佐久間は渋谷署（うち）に来て、係長の捕縄をかっぱらったんですね？　そして、麦倉陽菜の首を絞めたわけですか」

「ほぼ間違いないだろう。佐久間のひとり娘は目の整形手術の出来映（ば）えに満足できなくて、大学入学式の前日に感電自殺してしまったんだ」

「そういうことなら、佐久間が係長の犯行に見せかけて陽菜を殺害した動機がはっきりとしてきたじゃないですか」

「そうだな」

「早く逮捕状（オフダ）を裁判所に請求しましょう」

「佐橋、そう逸（はや）るな。佐久間を逮捕（パク）るのは、ちゃんと物証を固めてからだ」

朝比奈は電話を切った。

すると、伴が声をかけてきた。

「タクシー、十分ほどでペンションの前に迎えに来るそうです」

「そうか。伴、捜査は大詰めに入ったぞ。佐橋の情報を教えてやろう」

朝比奈は『フォレスト』の前の通りに出て、部下と向かい合った。

2

書留(かきとめ)の料金を払う。

自宅マンションの近くにある郵便局だ。中身は、署名捺印(なついん)した離婚届だった。添え文は短かった。

〈圭子、世話になった。ありがとう。幸せにしてやれなくて、ごめん！　お互いに再出発しよう〉

本多貴之は今朝(けさ)、それしか認(したた)められなかった。

その気になれば、もっと長い別れの手紙も書けただろう。しかし、弁解めいた言葉を書き綴りそうな気がして、あえて長文にはしなかった。言い訳は見苦しい。

本多は釣り銭を受け取って、郵便局を出た。

午前十時半過ぎだった。離婚届を妻の実家に郵送したことで、本多は喪失感と解放感を同時に味わっていた。著名な物故作家の名言が脳裏を掠(かす)めた。

人間は何かを得たときは、何かを失うものである。逆に何かを失ったときは、別の何かを得ているはずだ。

まさに、その通りだろう。人生はどこかで帳尻(ちょうじり)が合うようになっているのだろう。

くよくよすることはない。

本多はコートの襟を立て、最寄りの私鉄駅に向かって歩きだした。左肩に掛けたショルダーバッグの重みは部屋を出てから、ずっと感じていた。

ワルサーＰＰの重量は六百六十グラムほどだ。弾倉に収められている七発の実包の重さを加えても、七百数十グラムだろう。

にもかかわらず、やけに重く感じられる。心理的な圧迫感を覚えているからにちがいない。

佐久間警視正の脅迫に屈することは実に忌々しいことだ。

男として、腑甲斐ないとも思う。だが、命令に従えば、一千万円の報酬が手に入る。そうなれば、真沙美の開業資金は併せて一千三百万円になる。アメリカン・カジュアルの古着屋はうまく軌道に乗るのではないか。事業が成功したら、真沙美は地道に生きようと考えるだろう。そうなれば、ひと安心だ。

本多は駅前通りに出た。

そのとき、懐で私物のスマートフォンが鳴った。本多はスマートフォンを取り出し、ディスプレイに目をやった。発信人が朝比奈だったら、通話キーを押すつもりはなかった。

きのうの電話で、つい佐久間を庇うようなことを言ってしまった。勘のいい朝比奈は、そのことを訝しく思ったにちがいない。自分が佐久間に窮地に追い込まれたことを嗅ぎ取った可能性もある。

朝比奈は、そのことを牧野に話しているかもしれない。二人の友から電話があっても、しばらく通話はしないほうがよさそうだ。

発信者は真沙美だった。本多はほっとして、スマートフォンを耳に当てた。

「電話に出るのがちょっと遅かったわね。スマホ、バッグの中に入れてあったの？」

「そうなんだ。悪い、悪い！」

本多は話を合わせた。

「ううん、いいの。いまね、ネットで貸店舗を検索してたんだけど、手頃な物件があったのよ」

「そうか」

「この近くにある物件なんだけど、青梅街道に面しててね、住居付きの貸店舗なの。店舗スペースは約十五坪で、二階の居住部分は２ＤＫなのよ。もちろん、お風呂とトイレ付き」

「青梅街道に面してる物件なら、権利金や家賃は高そうだな」

「それが格安なのよ。権利金は百五十万円で、保証金が二百万円なの。月々の家賃は十七万よ」

「相場より安いみたいだね。以前は何屋だったのかな？」

「蒲団屋さんだったそうよ。店主が体を壊して長期入院したんで、奥さんは長男一家と同居することになったみたい」

「それで、住まい付きの店舗を貸すことにしたんだな」

「そういう話だったわ。実はわたし、物件の仲介を任されてる不動産屋に電話をしたのよ。お店の人、二度と出ないような掘り出し物件だと言ってたわ。ね、これから一緒に不動産屋に行って、その物件を見せてもらわない？　気に入ったら、少し手付金を打っておきたいの」

「よし、行ってみよう。善は急げって言うから、タクシーで真沙美のマンションに向かうよ。二十分前後で、そっちに行けると思う」

「そしたら、マンションの前で電話してくれる？　わたし、すぐに一階に降りていくから」

「わかった。そうするよ」

本多は電話を切り、駅前で客待ち中のタクシーに乗り込んだ。

タクシーは住宅街を抜け、目白通りと山手通りをたどった。目的地まで二十数分しかかからなかった。

本多はタクシーを降りると、『中野グランドパレス』の前で真沙美に電話をかけた。

真沙美は、待つほどもなく表に出てきた。彼女の案内で、数百メートル離れた不動産屋に向かった。

不動産屋は『中野エステート』という店名で、都知事免許番号は(5)だった。信用できそうな業者だ。七十年配の店主と四十歳前後の息子が店を切り盛りしていた。

本多たち二人は息子に案内されて、仲介物件に向かった。

建物は古かったが、外壁はペイントされていた。店舗はがらんとしていたが、きれいに掃除されている。

二階の住居スペースの畳と襖は張り替えてあった。壁紙は少し黄ばんでいたが、それほど苦にならない。

「悪くないじゃないか」

本多は真沙美に言った。

「そうね。わたしも気に入ったわ。ここなら、人目につくから、お客さんにも恵まれるんじゃないかな」

「それじゃ、ここを借りるか」

「うん、決めちゃうわ」

真沙美が顔を綻ばせた。

「すぐに仮契約をしたいんだが、手付金はどのくらい打てばいいのかな？」

本多は不動産屋の二代目に訊いた。

「手付金は十万ほど打っていただければ結構なのですが、貸借契約者はどちらになるんでしょうか?」

「姪じゃまずいかな?」

「姪っ子さんでしたか。てっきり……」

「彼女は愛人なんかじゃない。わたしは現職の警察官なんだ。姪も二十歳過ぎたんだから、一人前に扱ってほしいんですよ。わたしが保証人になってもかまわない」

「そういうことだったら、家主さんも納得してくれるでしょう。それでは、うちで仮契約を結ばせてもらいますか」

不動産屋の息子が言って、戸締まりをしはじめた。本多は真沙美と先に表に出た。

「わたしのこと、なんで彼女だって言ってくれなかったの?」

真沙美が言った。不満顔だった。

「おれたちは年齢が離れてるから、真沙美が中年男を誑かしてる性悪女に見られたりするのは……」

「他人にどう見られたって、わたしは気にしないわ」

「これからは堂々と真沙美のことを交際相手だと紹介するよ。こっちに来る前に、妻の実家に署名捺印済みの離婚届を郵送したんだ。おれは、もう独身に戻ったんだよ」

「とうとう別れちゃったのね。奥さんに申し訳ないことをしちゃったな」

「真沙美と親しくなってなかったとしても、いずれ妻とは離婚することになってただろう。人生観が違ってたからな」

「そうなの。でも、いいのかしら？　わたしだけ幸せになっちゃって」

「もっと幸せにしてやるよ」

「嬉しい！　お店をオープンしたら、一緒に暮らさない？　そのほうが経済的でしょ？」

「そうだな。そうするか」

本多は笑顔で真沙美の肩に手をやった。

不動産屋の二代目が貸店舗から出てきた。三人は『中野エステート』に戻り、仮の賃貸契約書を交わした。真沙美が必要なことを記入し、十万円の手付金を払った。

いつしか正午を過ぎていた。

本多と真沙美は『中野エステート』を出ると、七、八軒先にある和食レストランに入った。どちらも御膳セットを注文した。刺身の三点盛り合わせと天ぷらの盛り合わせが主菜で、ほかに小鉢と香の物が付いていた。

「本契約をするまでには、足りない分と当座の運転資金を用意するよ」

本多は昼食を摂りながら、低い声で言った。

「何から何まで悪いわね」

「他人行儀だな。おれは真沙美の力になることが喜びなんだから、甘えてくればいいんだよ」

「貴之さんは、わたしの王子様だわ」

「おれは、もうおっさんだよ。王子様なんて言われると、照れるじゃないか」

「確かに王子様じゃ、少し若すぎるね。さしずめ騎士(ナイト)ってとこかな」

「それもヨイショしすぎだよ。おれこそ、天使(エンジェル)みたいな真沙美と親しくなれたんだから、幸せ者さ」

「わたしたち、もしかしたら、バカップルなんじゃない？」

真沙美が雑(ま)ぜっ返した。

「バカップルと笑われてもいいさ、二人がハッピーならな」

「うん、そうね。わたし、貴之さんの奥さんになれなくても、やっぱり、あなたの子供を産みたいな」

「もし真沙美が妊娠したら、シングルマザーになんかさせないよ。ちゃんと入籍して、子育てに励(はげ)むって」

「貴之さん……」

「なんだよ、いまにも泣きそうな顔をして。泣くのは悲しいときだけにしろって」

本多は優しく言った。真沙美が幼女のようにこっくりとうなずき、箸(はし)で海老の天ぷらを摘み上げた。

食事を済ませると、二人は和食レストランの前で右と左に別れた。本多は地下鉄とJRを利用し、職場に向かった。

生活安全課の刑事部屋に入ると、佐久間公彦警視正が目配せして自席から離れた。本多はコートとショルダーバッグを自分の机の上に置き、さりげなく刑事部屋を出た。先に廊下に出た佐久間は階段を下り、地下一階の霊安室に入った。

本多はあたりに人がいないことを確認してから、死体置き場に足を踏み入れた。ストレッチャーは隅に寄せられていた。死臭も漂っていない。

「きのう、わたしは非番だった。きみはそのことを知って、夕方、わたしの自宅前まで来たね？」

佐久間が能面のような顔つきで言った。無表情そのものだった。なんとも不気味だ。

「自分、佐久間さんのお宅には行ってませんが……」

「空とぼけても無駄だよ。わたしの家の防犯カメラに、門の前を通った本多君の姿がくっきりと映ってた」

「えっ⁉」

「渡したワルサーＰＰで、散歩中のわたしを背後から撃つつもりだったんだろうが、あいにく近所の犬好きなおばさんと路上で行き会った。で、きみは計画を断念した。

そうだね？」

「……………」

「肯定の沈黙だな。ま、いい。わたしがキャリアだからって、甘く見ないほうがいいぞ。警察に二十五年以上もいるわけだから、追いつめられた犯罪者の心理ぐらい読めるさ。きみはわたしを射殺すれば、自分の不正行為を闇に葬れると考えたんだろう。だが、その考えは楽観的すぎるな」

「どういう意味なんです？」

　本多は訊いた。

「具体的なことは言えないが、わたしはちゃんと手を打ってあるんだよ。わたしに万が一のことがあったら、きみに殺られた疑いがあると複数の人間に伝えるようにしてある」

「抜け目がありませんね」

「保身本能が働いただけさ、ほんの少しばかりな。そういうことだから、悪あがきはしないほうがいい。それはさておき、今夜、舟知警察庁長官を狙撃するんだ。これに舟知の自宅の住所と見取り図をメモしといた」

　佐久間が上着の内ポケットから、二つ折りにした紙片を抓み出した。それを受け取り、本多は開いた。警察庁長官の自宅は、目黒区青葉台二丁目にあった。家屋の間取りは6LDKで、庭もかなり広い。

「立ち番はいないが、舟知の送り迎えには必ず二人のSPが付く。公用車は黒塗りのセンチュリーだ」

佐久間は車のナンバーを告げた。

「舟知長官を恨むのは、筋違いでしょう？　長官の独断でキャリアの人事を決定してるわけではないと思います」

「きみは知らんだろうが、現職長官の発言力は絶大なんだよ。舟知はわたしが人事面で不当な扱いを受けてることを改めるべきだったんだ。しかし、彼は同じキャリアのわたしには手を差し延べようともしなかった。薄情すぎるよ。わたし自身が殺人事件の加害者になったわけじゃないんだ。出来の悪い親類がいたというだけで、こうまでわたしを冷遇するのは理不尽すぎるだろうがっ」

「その親類というのは、母方の従弟の筑波諭さんのことですね。十五年前、自分は警察学校時代の同期二人と協力し合って、第二の通り魔殺人に及んだ筑波さんを取り押さえ、地元署員に引き渡した。同期の二人は朝比奈駿と牧野誠広です。あなたはわれわれ三人が従弟を取り押さえなければ、人事面で自分が差別されることはなかったと考えた」

「…………」

「だから、自分ら三人を陥れる気になったんでしょ？　堺支店長の女装趣味を脅しの材料にして、牧野をネコババ犯に仕立てさせた。そして、朝比奈には麦倉陽菜殺しの濡衣(ぬれぎぬ)を着せた。あなた自身か、第三者が渋谷署から朝比奈の捕縄を盗んでね」

「堺という知り合いはいないな。それから、麦倉陽菜という名にも聞き覚えはないね。その二人は何者なんだ？」

「そこまでシラを切る気なんですか。渋谷署の刑事課にいる朝比奈は、あなたと筑波諭さんが従兄弟(いとこ)同士だってことまで調べ上げてるんですよ。あなたが麦倉陽菜を三人組に誘拐させ、朝比奈の犯行に見せかけて人質を絞殺した。朝比奈がその物証を押さえるのは、もはや時間の問題でしょう」

「わたしを犯罪者にしたいんだろうが、当方にはまったく身に覚えのない話だ」

「しぶといな」

　本多は苦く笑った。

「わたしのことよりも、きみのことだ。きみに選択肢が一つしかないことは前にも言ったね」

「忘れちゃいませんよ。しかし、こちらが肚(はら)を括(くく)ったら、佐久間警視正も破滅でしょうね」

「そこまで開き直れるのかな。きみにそれだけの度胸があるなら、尻(けつ)を捲(まく)って見せてくれ。きみは悪徳警官のレッテルを貼られて、何もかも失うんだぞ。いや、それだけじゃないな。親兄弟はもとより、親類のみんなも肩身が狭い思いをすることになるだろう」

「………」

「そんなことになったら、辛いよな。だから、わたしに代わって舟知長官を射殺すればいいんだよ。簡単なことじゃないか。長官の頭部に狙いを定めて、ワルサーPPの引き金を絞る。それだけでいいんだ。舟知を始末したら、約束の一千万円はキャッシュで払ってやろう。妙な気を起こしたら、わたし自身の手できみを射殺する。わたしには、協力者がいるんだ。きみの動きは何もかもわかるんだよ」

「北條を抱き込んで、あいつにこっちの動きを探らせてるんでしょ？」

「きみは、まだ人間観察力がないね。北條は勝ち馬に乗って、うまく立ち回るタイプだ。出世コースから外されたキャリアに取り入っても、なんのメリットもないことを彼は知ってるさ」

「それじゃ、誰が協力者なんです？」

「知らないほうがいいんだよ、そういうことはね。今夜七時から八時の間に舟知は青葉台の自宅に帰るはずだ。二人のＳＰが隙を見せたら、ただちに舟知に接近して発砲するんだ。長官を殺らなかったら、きみを始末する」

佐久間が言い放ち、先に霊安室を出た。

押収品保管室から約六キロの覚醒剤を無断で持ち出して売り捌こうとした事実がたとえマスコミには伏せられたとしても、懲戒免職になるだろう。なかなか再就職できなかったら、真沙美は自分の許から去るかもしれない。

去らなかったら、どうしても古着屋の運転資金が必要になってくる。働き口が一年も見つからなかったら、真沙美が開こうとしている店も潰れてしまうだろう。

彼女の夢を砕くわけにはいかない。惚れた女のためだったら、地獄に堕ちてもかまわない。悪党になる覚悟を決め、本多は生活安全課に戻った。

佐久間の姿は見当たらない。正体のわからない協力者とどこかで落ち合い、何か指示を与えるつもりなのだろうか。

本多は自席で部下の書いた送致書類に目を通し、午後五時に池袋署を出た。

山手通りまで意図的に歩く。誰かに尾行されている気配はうかがえなかった。

本多はタクシーを拾い、目黒区青葉台に向かった。

移動中にスマートフォンの電源を切る。友人の朝比奈や牧野から電話がかかってきたら、決意がぐらつきそうだったからだ。

およそ三十分で、都内でも屈指の高級住宅街に着いた。落ち着いたたたずまいだ。

本多は舟知邸の少し先でタクシーを降り、邸宅街をゆっくりと巡った。

逃走ルートを定め、近くの豪華マンションの植え込みの中に身を潜める。時間稼ぎだ。

午後六時前に夕闇が迫り、ほどなく夜になった。気温が下がったはずだが、それほど寒さは感じない。緊張しているからだろうか。

脳裏に真沙美の顔が幾度もにじんだ。朝比奈と牧野の姿も浮かんだ。秋田で暮らしている身内のことも思い出した。

六時半になった。いつからか、星が瞬きはじめていた。

本多はショルダーバッグからワルサーPPを摑み出し、腰のベルトの下に突っ込んだ。まだスライドは引いていない。したがって、暴発の心配はなかった。

本多は植え込みから出て、舟知邸に近づいた。長官宅の斜め前に、恰好の暗がりがあった。本多は、そこに隠れた。舟知警察庁長官の顔は印刷物の写真で知っていた。いかにも切れ者という容貌で、やや冷たい印象を与える。

エリート意識が強く、相当な自信家なのだろう。権力欲も旺盛なのかもしれない。だからといって、標的に個人的な憎しみや嫌悪感はない。やはり、警察庁長官を狙撃することには強いためらいがあった。

しかし、真沙美の後押しはしてあげたい。本多の内面で、正義感と個人的な感情がせめぎ合っている。いっそ死んでしまったら、楽になるのではないか。

本多はワルサーＰＰをベルトの下から引き抜き、手早くスライドを引いた。初弾が薬室（チャンバー）に送り込まれた。

銃口をこめかみに押し当てた。目を閉じて、引き金（トリガー）の遊びを引き絞る。そのとたん、人差し指が震えはじめた。

死んでしまったら、もう真沙美に会えなくなってしまう。心を許し合った朝比奈や牧野とも旧交を温（あたた）められなくなる。生に対する執着心が一気に募（つの）った。

本多は息を長く吐いて、自動拳銃をベルトの下に戻した。

舟知邸に黒いセンチュリーが横づけされたのは、七時十六分過ぎだった。

助手席からＳＰ（セキュリティー・ポリス）が降り、周囲を見回した。ハンドルを握っているＳＰもミラーを仰（あお）いだ。

外に出たＳＰが恭（うやうや）しくセンチュリーのリア・ドアを開けた。舟知長官が車を降り、自宅の門扉（もんぴ）に向かって歩きだした。

本多はワルサーＰＰを右手に握り、横に動いた。長官の頭部に照準を合わせたとき、ぬっと人影が現われた。

朝比奈だった。

「佐久間の言いなりになる奴は最低だ。脅迫に屈して警察庁長官を狙撃する気なら、その前におれの心臓を撃ち抜け！」

「そんなことできるわけがないだろうがっ。どいてくれ。おまえは何も見なかったことにしてくれ」

「ばかやろう！　それでも刑事かっ」

「おれはどうなってもいいんだ。でも、真沙美の夢を叶えてやりたいんだよ。それには金が必要なんだ」

本多は言った。

次の瞬間、朝比奈の左腕が動いた。本多は右手首を強く押さえられた。同時に、強烈なボディーブロウを見舞われた。

息が詰まった。呻き声も洩れた。本多は唸りながら、その場に屈み込んだ。ワルサーＰＰは捥取られていた。

「おまえの様子が変だったんで、池袋署から尾けてきたんだよ」

朝比奈が言った。

とっさに本多は返事ができなかった。それほどパンチは強烈だった。

3

面会の終了時刻が迫った。

午後八時数分前だった。広尾の救急病院である。

牧野誠広は、ナースステーションの斜め前にある休憩室の長椅子に坐っていた。近くには誰もいない。

奥の病室から見舞い客が次々に出てくる。エレベーターホールは、たちまち人で埋まった。チャンス到来だ。

牧野はさりげなく立ち上がり、堺の病室に向かった。

誰にも見咎められなかった。支店長の病室の前には制服警官の姿は見当たらない。

牧野はオフホワイトの引き戸を拳で軽く叩き、堺の病室に入った。

堺はベッドに寝そべって、テレビを観ていた。牧野はベッドに歩み寄った。堺が振り返った。明らかに迷惑顔だった。

しかし、文句は言わなかった。女装趣味があることを触れ回られるのを恐れているのだろう。

「近いうちに抜糸するんでしょ？」

「明後日、抜糸することになったんだ」

「それはよかったですね。抜糸が済んだら、転院したほうがいいと思うな」

牧野は、わざと含みのある言い方をした。

「転院？　なぜ別の病院に移る必要があるんです？」

「堺さんを脅迫してた人物にまた狙撃される恐れがあるからですよ。知り合いの現職刑事から、そういう情報が入ったんです」

「えっ」

「渋谷署は円山町で堺さんを撃った奴をほぼ絞り込んだようです」

「そうなのか」

堺がテレビの電源を切り、上体を起こした。怯(おび)えた顔つきだった。

「女装クラブの会員であることは、たいしたスキャンダルにはなりませんよ。少なくとも犯罪行為じゃない」

「しかし、世間の人たちに変態と見られることには、やはり抵抗があるよ」

「ご自分の体面を気にされてるうちに、今度はライフルで頭を撃ち砕かれることになるかもしれないんですよ」

「佐久間先輩は、本気でわたしを射殺する気はなかったんだと思う。警告だったんでしょう。先輩はクレー射撃の名手だから、本気でわたしを射殺する気だったら、頭部を狙ったはずですよ」

「やっと喋ってくれましたね。その佐久間って人物のことを詳しく教えてください」

「わたし、とんでもないことを口走ってしまったんだな。なんてことなんだ」

堺が頭髪を掻(か)き毟(むし)った。

「そいつに殺されてもいいんですかっ」

「先輩は、協力者のわたしを殺したりしないさ」

「そう考えるのは甘いな。あなたを生かしておいたら、その佐久間って奴は破滅することになるかもしれないんだ。保身のためには、不都合(ふつごう)な人間は始末するんじゃないのかな」

「そこまで非情なことはしないと思うが……」

「命のスペアはないんですよ。堺さん、死にたいんですか？」

「死にたくないよ」

「だったら、脅迫者のことを教えてください」

牧野は声を高めた。

堺はしばらく無言だったが、意を決した表情になった。

牧野はダウンパーカのポケットに手を突っ込み、ＩＣレコーダーのスイッチを入れた。

「先輩の名前は佐久間公彦です。警察庁採用の有資格者(キャリア)なんですが、いまだに池袋署の生活安全課の課長代理なんですよ」

「佐久間は大学の先輩なのかな？」

「ええ、そうです。わたしの二学年上で、ボート部で一緒だったんです」

「キャリアなのに、不自然なほど出世が遅いのはなぜなんだろうか」

「十五年前、先輩の母方の従弟が連続通り魔殺人事件を起こして、警察学校の寮に入ってた三人の若者に取り押さえられ、警察に引き渡されたんだ。事件の犯人は筑波諭です。ここまで話せば、それ以上の説明はいらないでしょ？　ね、牧野さん？」

「ええ、そうですね。佐久間は従弟の不始末で出世コースから外されたと確信し、筑波の逮捕に協力したわれわれ三人を逆恨みして、それぞれを犯罪者にすることを企んだわけか」

「そうです。先輩は牧野さんたち三人のほかに、麦倉美容整形外科医院の院長にも恨みを懐いてたんです。ひとり娘の由奈ちゃんが大学入学直前に麦倉のクリニックで二重瞼の手術を受けたんですが、いかにも不自然な目になってしまったらしいんですよ。由奈ちゃんはそのことを苦にして、感電自殺してしまったんです」

「そうだったのか」

「それだから、先輩は院長の娘の陽菜をネットカフェを塒にしてたフリーターの男たちに誘拐させ、あなたの友人の朝比奈刑事の捕縄を使って、人質を自分の手で絞殺したんです。そういう形で、由奈ちゃんの恨みを晴らしたかったんでしょう」

「池袋署勤務の本多貴之には、どんな罠を仕掛けたんです？」

「佐久間先輩は本多刑事が元風俗嬢に夢中になってることを調べ上げ、わざと押収品の麻薬か銃器を盗ませるように仕向けたみたいですね。堤真沙美という元風俗嬢は本多刑事とつき合いながら、イケメンとも交際してたらしいんです。先輩はその証拠を押さえて、元風俗嬢にスパイ役をやらせてたようですよ」

堺が長々と喋り、肩で息を継いだ。

「なんてことなんだ。本多は奥さんと離婚してまで、その真沙美って娘の面倒を見る気になってたんです」

「そこまで元風俗嬢にのめり込むなんて、純情すぎますね」

「純情のどこが悪いんだっ」

「十代や二十代の男ではないわけだから、風俗嬢やってた女が強かだってことぐらいはわかりそうなものですがね」

「訳知りぶるな。本気で相手に惚れたら、一途に信じたくなるもんでしょ！　確かに本多は女擦れしてませんが、間抜けでも、お人好しでもない。真沙美って娘が彼には天使のように映ったんで、はるかに若い相手にのめり込んだにちがいありません」

「それにしても……」

「おれの友達を悪く言ったら、本気で怒るぞ」

牧野は逆上しそうだった。自分が貶されたよりも腹が立った。

「友達思いなんですね、牧野さんは。無条件で、そこまで友人を庇えるなんて羨ましいですよ。わたしはたくさん友達や知り合いがいますけど、そんな熱い友情を持てる奴はひとりもいませんからね」

「そんなことより、本多は何をやらされたんです？」

「佐久間先輩は元風俗嬢にアメリカン・ファッションの古着屋のオーナーになりたいからと本多刑事に相談させ、開業資金を調達させようとしたみたいですよ。それで本多刑事は署内の押収品の覚醒剤を盗み出し、換金する気だったようですね。しかし、売り捌けないんで、結局、自分の預金の三百万円を真沙美って娘に渡したらしいんですよ。元風俗嬢は貸店舗を探す振りをしてから、彼氏とドロンする手筈になってるそうです」

「佐久間は別のことで本多を困らせる気なんだろうな」

「さすがに元警官ですね。先輩は本多刑事が押収品を無断で持ち出した事実を脅迫材料にして、警察庁長官の舟知一成を狙撃させる気でいるみたいですよ。同じキャリアの自分を人事面で不当に冷遇したのは、舟知が警察の悪しき不文律に拘ったからだとひどく憤ってましたからね。押収品を盗んだことだけでは本多刑事が脅しに屈しないだろうから、元風俗嬢の開業資金として一千万円の報酬を払うって人参をぶら下げるつもりだと言ってましたよ」

「殺しの報酬を払う気なんかないんだろう、佐久間は」

「ええ、多分ね。佐久間先輩は本多刑事が舟知長官を狙撃したら、自分で牧野さんの友達を撃ち殺す気でいるんでしょう」

「堺さんも消されることになるんじゃないかな」

「そ、そんな！　先輩には全面的に協力してあげたのに」

堺が戦（おのの）きはじめた。

牧野は無言で病室を飛び出し、ＩＣレコーダーの停止ボタンを押した。急ぎ足でナースステーションの前を通り抜け、エレベーターに乗り込む。

病院の外に出ると、すぐに牧野は朝比奈のスマートフォンを鳴らした。ややあって、電話は繋がった。

「ついに堺の口を割らせたよ。姿なき敵は、本多の上司の佐久間公彦だった。朝比奈、本多の居所を突きとめてくれ。佐久間は本多に舟知警察庁長官を狙撃させる気らしいんだ」

「それは未然に防いだよ。数十分前に長官の自宅の前で、本多を押さえたんだ。おれは本多が何か隠しごとをしてると直感したんで、あいつを池袋署から尾行したんだよ」

「さすがだな、強行犯係は。それで、本多は佐久間に舟知長官を殺（や）れと命じられたことを認めたのか？」

「ああ。ワルサーＰＰを渡され、一千万円の報酬と引き換（か）えに警察庁長官を射殺する気になったと言ってる。しかし、実行はできなかったと思う。おれが本多を阻止したとき、明らかにためらってたからな」

「本多には人は殺せないよ。あいつは、気持ちの優しい男だから」

「そうだな」

「おまえたち二人は、いま、どこにいるんだ?」

「おれの自宅マンションだよ」

「本多は近くにいるのか? そうだったら、少し離れてくれないか。あいつには聞かれたくない話をしなければならないんだ」

「わかった」

朝比奈が移動する気配が伝わってきた。

牧野はスマートフォンを握り直した。

「いいぞ。話してくれ」

朝比奈が促(うなが)した。牧野は本多に同情しながら、佐久間が元風俗嬢の真沙美を抱き込んでいたことを話した。

「それじゃ、真沙美の夢は作り話だったのか⁉」

「ああ。佐久間の入れ知恵だったんだよ。そうとも知らずに本多は三百万の預金を真沙美に渡し、さらに殺しの報酬をそっくり彼女に渡す気でいたんだろう」

「堺支店長との遣り取りを詳しく教えてくれ」

「ＩＣレコーダーに録音したんだ」

「やるな、牧野」

朝比奈が言った。

牧野はダウンパーカからＩＣレコーダーを取り出した。テープレコーダーと違って、巻き戻す手間はいらない。すぐに音声を再生させ、ＩＣレコーダーにスマートフォンを近づける。

やがて、音声がやんだ。牧野はＩＣレコーダーをダウンパーカのポケットに戻し、スマートフォンを左耳に当てた。

「堺支店長の話は信じてもいいだろう。本多の供述と合致してるからな。佐久間は妄執に囚われてるようだな。筑波を憎み、おれたち三人や警察庁長官まで逆恨みしてる。キャリアの警察官僚にとっては、自分の出世が人生の最大目標だったんだろう」

「そうにちがいない」

「本多も高い授業料を払わされたな」

朝比奈が言った。その声には労りが込められていた。

「若いころから本多は猪突猛進型だったからな。真沙美という娘しか見えなくなってたんだろう」

「と思うよ。それにしても、若々しいじゃないか。あと数年で四十男になるっていうのに、凄い情熱だよ」

「そうだな。真沙美って娘は部屋を引き払って、若いイケメンとどこかに逃げたんだろうが、そのことは気持ちが落ち着くまで本多には言わないでほしいんだ」

「わかってるよ。いずれ本多は残酷な現実を直視させられるわけだが、時間が経てば、きっとショックも徐々に薄らぐだろう」

「それを願いたいね。それで、渋谷署は陽菜殺しの件で佐久間に任意同行を求めたの？」

「ああ。おれの部下たちが佐久間の自宅に向かってるんだ。本多は自分が起訴されることを承知で、佐久間の犯罪の立件に全面的に協力すると言ってるから、数日後には地検に送致できるだろう」

「本多は覚醒剤を無断で署内から持ち出して換金しようとしたわけだが、売り捌いてはいない。それから佐久間に自動拳銃を渡され、不法所持してたことは間違いないが、狙撃しかけたところを舟知長官と二人のＳＰに見られたわけじゃないんだろう？」

「長官たち三人には視認されてないはずだ」

「それだったら、朝比奈……」

「おまえが言いたいことはわかってるよ。本多を不起訴処分にしてやりたいと思ってるんだ、おれ個人はな。しかし、本多はきちんと刑罰を受けることを望んでる。警察官として道を踏み外してしまったんだから、それなりのけじめをつけたがってるんだよ」

「そうか。おれがそっちに行って、説得してみようか？」

「今夜は、そっとしておいてやれよ。おれと牧野に迷惑かけたって、本多は何回も謝ったんだ」

「そういうことなら、おれは顔を合わせないほうがいいな。きょうは、このまま家に帰るよ」

牧野は通話を切り上げ、外来用駐車場に足を向けた。

軽乗用車に乗り込み、救急病院を出る。車が中原街道に入ったとき、懐でスマートフォンが着信音を奏(かな)ではじめた。

牧野は軽乗用車をガードレールに寄せ、発信者を確認した。朝比奈だった。

「本多がマンションのベランダから飛び降りようとしたのか？」

牧野は先に言葉を発した。

「そうじゃないよ。たったいま、部下から報告があったんだ。任意同行を求めたら、佐久間は着替えをすると、自分の部屋に入ったらしいんだ。そして、数分後に猟銃の銃口をくわえて、足の指で引き金(トリガー)を……」

「自殺したんだな？」

「ああ、そうだ。即死だったらしい。佐久間の書斎には、一連の犯行を認める遺書があったそうだ。本多が命令に背いたことを感じ取ったときから、佐久間は自決する気だったんだろう」

「そうなのかもしれない。遺書には、朝比奈の捕縄をロッカーから盗み出したことも記されたのか？」

「ああ。佐久間は渋谷署の副署長を訪ねた日にこっそりとおれの捕縄を盗ったらしい。本多に渡したワルサーPPは、押収品だとも書かれてたそうだよ」

「犯行動機については？」

「おれたちの推測通りだったよ。多分、キャリアの犯行動機の半分はマスコミに伏せられることになるだろう。上層部は身内の不祥事を極力、陰蔽したがるからな」

「そのへんの体質を改めないといけないんだがね」

「そうだな。とりあえず、牧野に佐久間が死んだことを報告しておきたかったんだ」

「わざわざ悪いな。これから本多を連れて署に行くんだ？」

「もう少し本多が落ち着いたらな」

「できたら、取り調べは朝比奈に担当してもらいたいね」

「もちろん、おれが担当するさ」

「ひとつお手やわらかに頼むぜ」

「心情的には本多に加勢したいが、取り調べは公平にやるよ。本多も、それを望んでるからな」

「そうか」

「後日、堺支店長も取り調べる。牧野からも事情聴取させてもらうぞ」

朝比奈が電話を切った。

牧野はスマートフォンを懐に仕舞い、ふたたび軽乗用車を走らせはじめた。


二週間後の夜である。

朝比奈駿は、歌舞伎町のカラオケ店にいた。牧野がマイクを握り、十五年以上も前にヒットしたサザンオールスターズの曲を歌っている。

本多は朝比奈のかたわらで、愉しげにタンバリンを叩いていた。今夜は本多の送別会だった。依願退職をした彼は、三日後に郷里の秋田県に転居することになっていた。

覚醒剤の無断持ち出しと拳銃の不法所持は地検送りになったのだが、不起訴処分になった。警視庁と警察庁の首脳部は、東京地検に佐久間の犯罪立件に本多の証言が欠かせなかったことを強調したのだろう。

地検はそれに応え、温情を示した。おかげで、本多は懲戒免職にはならなかった。ささやかだが、退職一時金も支給される。将来は在職年数分の共済年金も貰えるはずだ。

「朝比奈と牧野にはいろいろ迷惑かけちゃったよな」

本多がタンバリンを打ち鳴らしながら、声を張り上げた。

「どうってことないさ。しばらくのんびりして、今後のライフスタイルを決めるんだな」

「ああ、そうするよ。ところで、おまえらは真沙美のことで何か知ってるんじゃないのか？　あの娘が急に部屋を引き払って、おれの前から消えた理由がわからないんだ。借りる店も決めてたんだぜ」

「元風俗嬢は、おまえが開業資金を工面するのにかなり苦労してることを察して、自分の存在が負担になってるにちがいないと思ったんだろう。それだけ真沙美って娘は本多のことを思い遣ってたのさ」

「そうなんだろうか。でも、置き手紙ぐらい残してくれてもいいと思うがな」

「そうしたら、おまえが彼女の行方をいつまでも捜すと考えたんだろうな。彼女自身も辛いが、未練を断ち切る必要があった。だから、あえて素っ気なく行方をくらましたんだろう」

「そうなのかもしれない。真沙美は自分のことよりも、他人のことを先に気遣う娘だったからな。あの娘の気持ちを汲んで、行方は追わないほうがいいんだろうか」

「そのほうがいいな。二人は結ばれなかったが、いまもいい想い出を共有してるんだから」

朝比奈は言って、ウイスキーの水割りを傾けた。

本多は納得したようだった。牧野が歌い終え、マイクを本多に手渡した。

「今度はおまえの番だ。十八番の『壊れかけのＲＡＤＩＯ』を歌ってくれよ」

「オーケー、ついでに『少年時代』もメドレーで歌っちゃう」

本多は選曲すると、マイクを持って立ち上がった。

牧野が朝比奈の横に腰かけ、耳許で囁いた。

「例の件、うまく言ってくれた？」

「ああ、なんとか納得させたよ」

「そうか。年に一度は本多を東京に呼んで、おれたちも年に一回ぐらいは秋田に遊びに行こう。歩む道は別々になったが、仲間なんだから」

「そうしよう」

朝比奈は横目で本多を見て、グラスを宙に浮かせた。

本多が卓上のビアグラスを持ち上げ、ひと息に呷った。『壊れかけのＲＡＤＩＯ』の前奏がはじまった。

朝比奈は二人の友人に目をやって、片脚でリズムを刻みだした。愉しい送別会になりそうだった。

本書は二〇一五年七月に廣済堂出版より刊行された『嫌疑』を改題し、大幅に加筆・修正しました。

本作品はフィクションであり、実在の個人・団体などとは一切関係がありません。

文芸社文庫

罠の連鎖　三人の刑事

二〇一九年十二月十五日　初版第一刷発行

著　者　南英男
発行者　瓜谷綱延
発行所　株式会社　文芸社
〒一六〇-〇〇二二
東京都新宿区新宿一-一〇-一
電話　〇三-五三六九-三〇六〇（代表）
〇三-五三六九-二二九九（販売）

印刷所　図書印刷株式会社
装幀者　三村淳

ISBN978-4-286-21562-4